NEW FORCES
OF LITERATURE

文艺
新实力

村中石墙

杏坛书院

喜迎新春

飞鸟入丛

莲藕

柿子树上

梅

危房

炉与壶

空山新雨後
天氣晚来秋

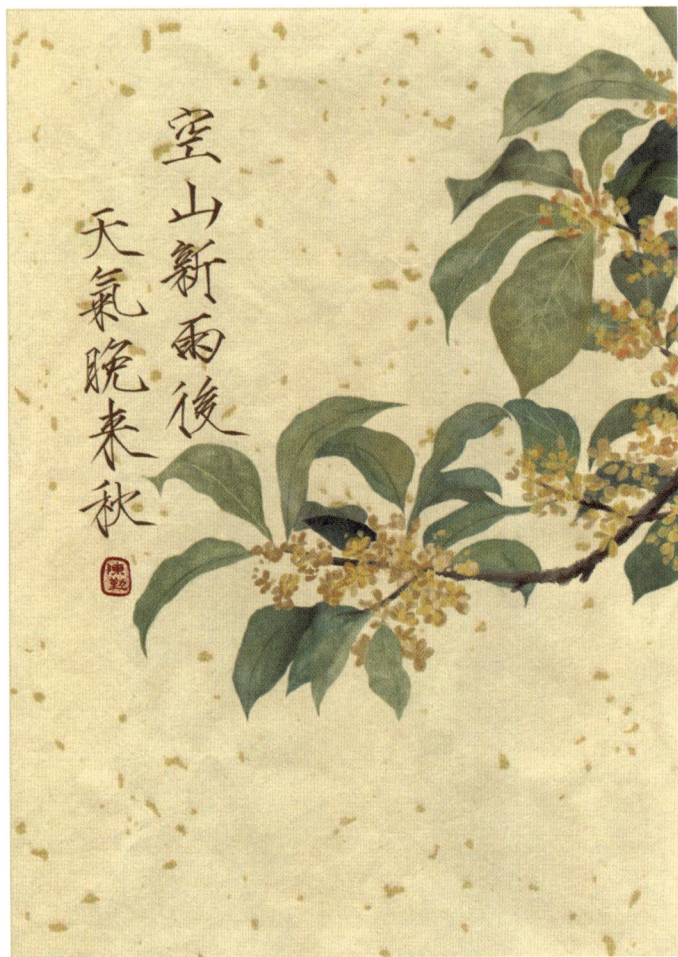

空山新雨后,天气晚来秋

如在

胡海燕 著

浙江工商大学出版社·杭州

图书在版编目(CIP)数据

如在 / 胡海燕著. —杭州：浙江工商大学出版社，
2022.9

ISBN 978-7-5178-5103-5

Ⅰ.①如… Ⅱ.①胡… Ⅲ.①散文集－中国－当代
Ⅳ.①I267

中国版本图书馆 CIP 数据核字(2022)第 154051 号

如　在

RU ZAI

胡海燕　著

出 品 人	鲍观明
策划编辑	沈　娴
责任编辑	孟令远
责任校对	金芳萍
封面设计	观止堂_未氓
责任印制	包建辉
出版发行	浙江工商大学出版社
	（杭州市教工路 198 号　邮政编码 310012）
	（E-mail:zjgsupress@163.com）
	（网址:http://www.zjgsupress.com）
	电话:0571－88904980,88831806(传真)
排　　版	杭州朝曦图文设计有限公司
印　　刷	杭州宏雅印刷有限公司
开　　本	787 mm×1092 mm　1/32
印　　张	8
字　　数	130 千
版 印 次	2022 年 9 月第 1 版　2022 年 9 月第 1 次印刷
书　　号	ISBN 978-7-5178-5103-5
定　　价	68.00 元

序

四月，一棵碧绿的青菜变得珍贵无比，一片明亮的阳光变得奢侈，一些花朵的芬芳变得遥远，一些鸟叫和蛙鸣也变得久违。而这些，不过是原先的寻常事物——寻常到人们都忽略了它们。

忽然之间，某些契机让人重新认识到这些事物的价值。

榉溪，是浙江中部大山之中一座历史悠久的小村庄，是中国乡土儒学中心，是江南孔氏后裔聚居、人口规模最大的血缘村落。但榉溪又是一座容易被外界忽略和遗忘的小村庄，一个跟光鲜亮丽的大城市相比显得默默无闻的所在。

这样的村庄，在过去的数千年时光里，在中国的大地上有很多，如繁星一般散落。人们在这样的村庄里晴耕雨读，繁衍生息。每一座村庄都有着自己的族群和自己的生活，自己的悲喜和昼夜；每一座村庄里都有万物生长，生机无限。

不知道从什么时候开始，这些村庄变得沉默和自卑。村庄里的人们开始怀疑这种生活的意义，他们的后代也开始抛弃这种生活方式。的确，外面的世界很精彩，而山村里有什么呢？除了清澈高远的天空和静默如谜的山野，似乎什么都拿不出手了。一切变得单薄，一切也都变得毫无说服力。

而胡海燕比多数人更早看到这些事物的价值——青菜，阳光，溪水，丛林，花朵，果实，日出而作、日落而息的山民，代代相传的生活。于是，在阔别山村多年以后，她以另一种身份回到那里。她敏锐地觉察到："当我们的双脚触摸到熟悉的土壤，我们发现，我们的童年，我们试图逃离的过往，始终作为一种记忆在我们的身体里延续，这些记忆像潜伏已久的种子，终有一日会生根发芽，开出繁盛的花朵。"

这令人感到无比欣喜。在大概一年多的时间里，她在这座村庄里停留，在杏坛书院听课，在蓝莲坊喝茶，在小酒馆喝酒，去做香婆婆家吃斋饭，也去庙里参加大扫除，去走古道，去看草木荣枯。她看过榉溪的晨昏雨雪，找寻过一株牡丹的来龙去脉，参加过绿地共建，也耐心地看过新鲜的植物慢慢长大，并结出四处掉落的果实。

对海燕来说,这几乎是一种失而复得的生活。这里的日子宁静缓慢,这里的鸟鸣虫声异常清晰。在这样的一个村庄里,你可以不断地打开自己,放逐那些烦躁不安的情绪,把大把的时间虚掷在这里,同时寻找到一种近似理想的生命状态。这种状态叫作:自在。

海燕在这座村庄一定收获了许多东西,她耐心地一字一句地记录下她的见闻、她的感动、她的观察、她的思绪。静静读着海燕的文字,就觉得周遭世界都安静下来,同时也想到一句古诗:"山静似太古,日长如小年。"

榉溪所能提供给我们的一定比我们想象的更多。它是一个样本,是儒学精神在当代乡村生活化传承的范式。榉溪的鸟叫、蛙鸣,榉溪人的日常生活,包括他们的劳作与悲喜,都具有一种标本意义——它是在二十一世纪二十年代的中国,一个城市化进程中的文化意义上的村庄,一个人类学视野中的山村图景。这座村庄所能带给人的启发,更多会在我们的想象之外——譬如在这个四月,人们重新领会青菜、阳光、花朵、野草与蛙鸣的意义;人们重新认知山村和自然的价值;人们重新评估自己在每一天里的得失,也重新寻回缓慢、宁静、寻常的意义。

感谢海燕,她用细腻的笔触、深邃的思索,一点一点书写和刻画出榉溪的模样。这是她为自己内心所刻画的一座桃源,同样也向世人呈现出生活的另一种可能。

是为序。

周华诚

二〇二二年五月五日夜于念久楼上

如

在

如在（代自序）

家庙的门槛那么高。我们要高高抬起整条腿，侧过身子将重心往上提，放下右脚，再将左脚以同样的方式迈入。一抬一落间，心里头早已认真起来。又记得老人说，门槛不论高低都要一脚跨过，不可踩踏，否则就是踩在主人的脖子和脊背上。在古代，门槛象征着地位，也代表着家族的权势。寺庙、宗祠、大户人家的深宅大院，都有高高的门槛。每次跨过那些门槛，敬畏之意油然而生。

每回来到家庙，都觉得肃穆庄严。我之前将这种感觉归咎于陌生，陌生是可以产生疏离的。但几年里来了无数次，我们之间显然十分熟悉。无数次跨过高高的门槛，把喧嚣和浮躁丢弃在门槛之外，心里头一点一点沉寂下来。我听他们说："宋建炎年间，金兵大举侵入中原，宋高宗南逃，孔氏四十八代孙孔端躬一行随驾南下……"我就这样一遍遍地看见一个村子的来龙去脉。原来，它生长在一个故事之上。故事里有金戈铁马，有背井离乡，有许多无法言说的忧伤。但都过去了，它成了一个人人传诵的故事。我看见那么多孔氏后人都会讲这个故事。他们言语软而不糯,有着永康与仙居方言结合的口音。他们心平气和,仿佛看见一幅历史画卷徐徐打开,洋洋洒洒自宋时而来。他们眼里有光,有自豪,有洒脱,也有对这片土地的万千柔情。这大概是将近九百年的光阴教会了他们的。

迈过一块又一块青砖,我常常来来回回地走,一连走上好几遍。我想在这样的行走中探索一些已知以及未知的秘密。那些青砖显然比较年轻,鞋子踩上去吧嗒吧嗒作响,还不能像经年的老砖那样把人的脚步声吸收,如人一样,只有到了一定的年纪方能练就保守秘密的本领。人少的时候,家庙显得空旷,脚步声唤起一连串回声。回声之下,家庙愈发旷远。

我在宋元明清的柱础之间穿梭。圆的,方的,雕花的,朴素的,每个朝代都有自己的美学标准。有的时代崇尚简洁素雅,有的时代崇尚花团锦簇,仿佛一些人一生平淡如水,而另一些人叱咤风云、轰轰烈烈。那么多朝代集中于一处,规规矩矩地排列过去,只隔十余米甚至几米的距离。我细细端详它们——时间真的很奇怪,两个三个甚至四个朝代之间的距离可以这么短。我的双手滑过八十四根大大小小的柱子,粗糙的以及光滑的,陈旧的以及更陈旧的,岁月磨砺它们,也向我们交出答案。

　　我看见家庙里的戏台始终沉默,偶尔有如我一样的游人登上台去。我们充满好奇的眼睛四下搜寻着感兴趣的事物,以为能发现一些什么。但除了噔噔作响的脚步声,斑驳的花纹,褪去以及留下的色彩,很多事物说过去就过去了。我们怀想当年,一方唱罢一方登场,主角频频转换,却都如尘埃匆匆飞逝。然而,过去岁月里的戏,唱了一场又一场,又有几场真能唱出人世悲欢?

　　天井是家庙最生动的地方,风云变幻。站在天井里,仿若置身于一个时光风口,万千气象在头顶瞬息万变。晴天,天井上方的天空方方的,瓦蓝瓦蓝,纯净,毫无杂质。也许乡村的天空本就那么蓝,也许是家庙乌黑的瓦片把天空衬蓝了。天井上漏下的阳光也是方方的。它亮堂堂地投在地上,随着时间在地上挪移——早晨在西边,中午在中间,下午往东走。走累了,一天也就这样结束了。雨天,天井将雨叠成方方的水幕,大雨热烈,小雨温柔,是一场又一场流动的演出。而有霜雪的日子,寒意从天井中灌进来。我们打量天空,它始终灰灰的。走到一侧望向乌黑的瓦片,才发现冬天终于来了。霜会停落在屋檐上,雪花会穿过天井飘进家庙。就这样,黑的黑,白的白,水墨一般的世界形成了。

家庙后方端坐着三位孔氏圣人。中间是孔子，孔若钧、孔端躬父子分坐两侧。他们只是安静地坐着，却无端地生出许多威严来。也许，每次我走进家庙感受到的肃穆也是源于他们。他们是家庙的核心，是家庙以及整个孔氏家族的魂灵。他们眼神慈祥，面含笑意，望一眼，再望一眼，仿佛心里被什么东西触碰了一下，不自禁地柔软起来。他们仿佛能洞察人间疾苦。四目相对，我们便一点一点地打开心扉，倾诉心事，于是分明感受到，心里头一点一点地明亮起来，空旷起来。许多时候，人就是这般奇怪，明明凶神恶煞的，看似威风八面，却起不了震慑作用，而三分笑意恰如春风一阵，俘获人心。

在孔子塑像的上方，是一块牌匾，上书：如在。白底黑字，字体遒劲，无落款。这牌匾应该是陈年之物，上头的字微微褪了色，白色的底却泛了黑。孔氏一族极为珍视这牌匾，既将之悬于最显眼之处，又反复告诉大家失而复得的惊喜。想当年，有人将牌匾涂满石灰，悄悄用作猪圈围栏才使其得以躲过一劫。抬头望去，牌匾上石灰的痕迹依然若隐若现。而今牌匾重新悬于家庙上方，劫后余生的经历使之变得尤为贵重。而当初，不知是谁挥动手中那支大笔，郑重地写完"如在"两字后就罢了笔墨，连个落款都不题就草草了事。不知是故意为之，还是另有不得已的原因。岁月有时将答案和盘托出，有时却又守口如瓶。

　　"如在"语出《论语·八佾》："祭如在，祭神如神在。"祭神如神在，祭祖先如祖先在。榉溪村五年一大祭，三年一小祭，年年有家祭，正是"祭祖先如祖先在"。

目　录

CONTENTS

辑一

辑二

如

在

辑三

目
录

如

在

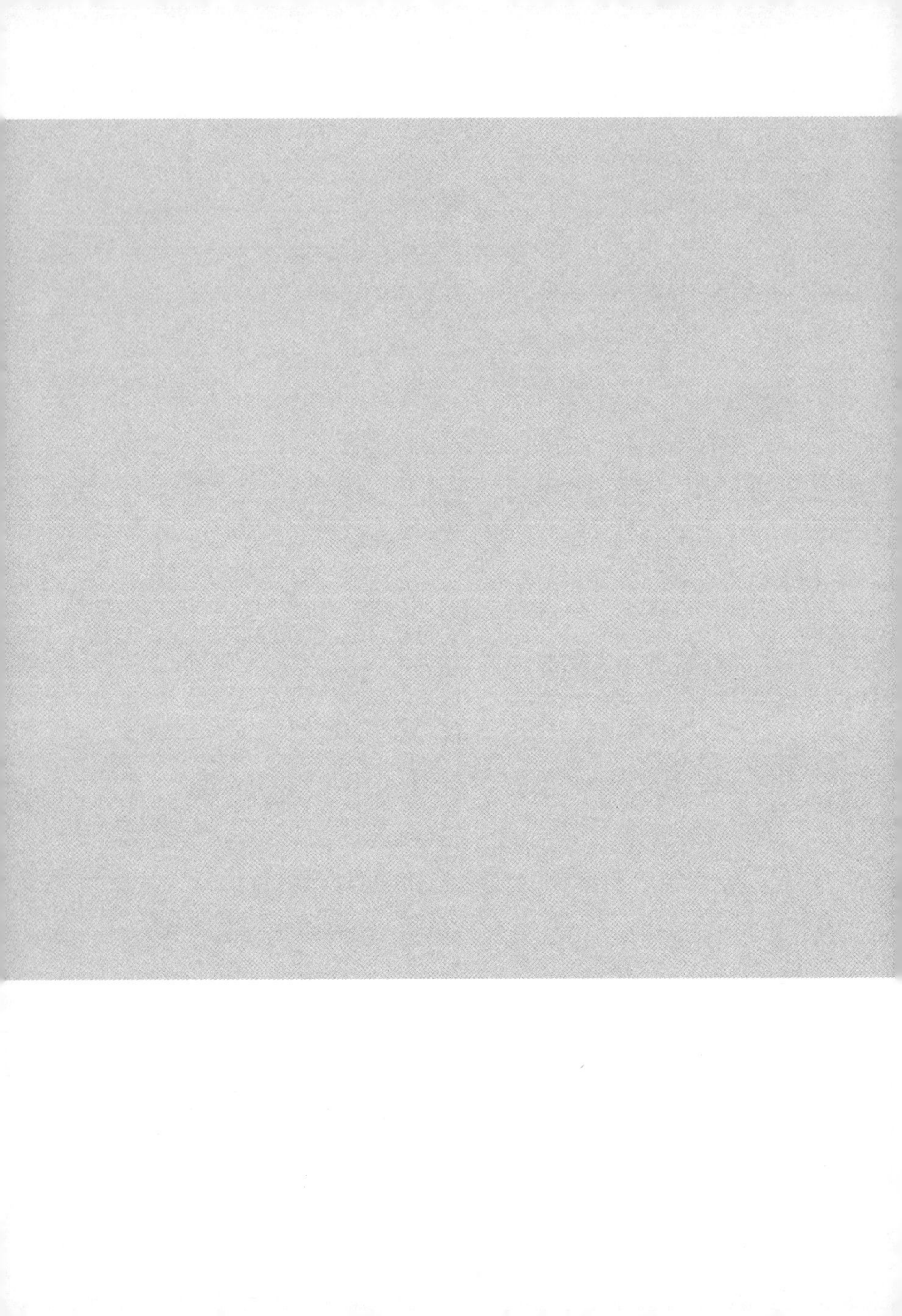

辑一

古戏台

　　古戏台在孔氏家庙内。正门口进,拐过屏风就能看见。戏台是正方形,面积不大,久经岁月而发白。顶上隐约可见《天宫图》和《三国演义》的彩绘,被岁月剥蚀了一些,很沧桑的样子。左右各两门,上书"玉振""金声"。檐柱上刻有对联:"三字经人物备考,一夕话今古奇观。"仿佛一场好戏马上开演。

　　戏台与家庙息息相关。家庙有多少岁数,戏台就有多少岁数。家庙有多少故事,戏台就有多少故事。或者戏台的故事更多一些,因为戏台本来就是个讲故事的地方。帝王将相的故事,各路神仙的故事,寻常百姓的故事,大戏小戏上演了一出又一出。

　　小时候看戏,总喜欢选最前面的位置,第二排,第一排,连最前头空出的泥地上,都还是不过瘾,恨不得爬上台去。小伙伴们一个劲儿地往前挪,直到双手扒住戏台,踮起双脚,下巴刚好挂上台沿。站远处看,戏台边的许多个小身子齐刷刷地挂在台沿上,像一群倒挂着的蝙蝠,十分有趣。突然,其中一个挂不住了,"扑通"一声掉落下

辑
一

来,一屁股坐在台前的泥地上。大家哈哈笑着,他也笑笑,使劲儿拍拍屁股上厚厚的尘土重新挂上。村里的长辈常常被这些朝气蓬勃的孩子吸引,看得入迷,仿佛他们也是一出戏。

好戏开场。孩子们张大了嘴巴,瞪圆了眼睛。这场戏是他们盼了好久的,逢年过节或者谁家有了喜事方能看上。每逢唱戏,戏台成了万众瞩目的地方。村里人走街串巷,互相传递这个令人快乐的消息,他们给各路亲朋好友捎去"口信",有的特意跑上门,盛情邀请他们前来看戏。于是,全村人聚集过来,各路亲戚从四面八方赶来,邻近村子的乡亲丢下手中的活计跑过来,年轻的小伙、姑娘陡然间就多了起来,成群结队地加入这场盛会。他们打扮得花枝招展,一心想成为主角。他们看别人的好戏,也演自己的大戏,有时一台戏看完,一段姻缘就从此结下。一方唱罢,另一方登场,而后散场又开场,这场戏一直会唱三天三夜。彼时,乡村里娱乐活动少,村人看了三天三夜仍不过瘾,家里条件好的就会赞助一些钱物,让戏班子再唱上个三两天。

要不是这场戏,有些人可能几年也见不上一面。从某种层面上来说,戏台成了维系大家情感的纽带。以戏台为中心的千丝万缕,拉扯着大家的心。在外的亲人回

如

在

来了,平时少走动的远亲也住了下来。运气好些的,还能"分到"花旦、小生住进家里,也终于让我们有机会见识他们戏里戏外的样子。

现在,唱戏的时代已然过去,科技的发达让很多东西退出历史舞台。我们站在难得热闹一回的戏台前,仿佛看见唱戏的人来来往往,看戏的人来来往往。这些岁月长河里的辉煌,有些人记住了,有些人遗忘了。仿若这来去本身就是一场戏。

"人生如戏""处处是戏",我们常常发出这样的感叹。比如这里上演过的那场关于孔氏家庙身世的大戏。戏台的存在在某种程度上干扰了这个村子"婺州南宗"的身份确认。孔氏家庙是纪念和祭拜孔子的文庙,是一个庄重的场所,戏台的存在使其一直被认为是婺州一带农村非常普通的祠堂。于是,这里接连遭受了一系列磨难。而八百多年前,那个名叫孔端躬的孔氏后人,面对国破家亡、背井离乡的痛,何尝不会发出"人生如戏"的感慨呢?

辑
一

桧　树

每次来到樟溪，我们总要去看一棵树。

它是桧树，来自山东曲阜孔林，将近九百岁。它长在燕山脚下，与孔氏家庙隔河相望。它长得挺拔高大，直入云霄，需四五人才能合抱过来。它皮肤赤红，如一位健壮的青年男子，血气方刚，又刚喝过一些酒，周身涨得通红。

这是一棵有来历的树。宋建炎四年(1130)，金兵入侵中原，汴京沦陷，宋高宗带领满朝文武官员一路南迁，孔端躬携一家老小随驾南下。临行前，孔端躬来到孔林带走了一棵桧树苗。这树苗是他对故土眷恋的深刻表达，是故土的根。他承诺："此苗在何生根，即我氏新址也。"后行至樟溪时，其父孔若钧一病不起，一行人只能暂时安顿下来。等孔端躬处理完父亲后事欲往衢州与兄长孔端友汇合时，却见桧树苗已在这块土地上生根长叶了。他不由得感叹一声："此乃天意也！"

与其说孔端躬选择了樟溪，不如说是桧树做出了选择。"天意"其实是"树意"。一棵树历经颠沛流离，一旦

如
在

触摸到适宜的土壤,便更懂得脚下这片土地的温度,做出了扎根于此的选择。此后多年,桧树抽枝散叶,慢慢长成一个村庄的守护神。孔端躬远离朝野,淡泊名利,过起了耕读传家的诗意生活。他去世后,长眠于桧树底下。桧树就这样日日夜夜地守着他,一守千年。

一棵树是会记住很多东西的。它的来路去处,刮过的风,喝过的水,白天、夜晚发生的故事。它认得垒过的窝,经过的走兽、牲畜、人群,甚至蚂蚁。它记得自己身上年年抽发的细枝末节,也记得历史长河里诸多故事的细枝末节。它慢慢成长,见识越来越多,直到枝丫、树皮、树根、树叶里都充满故事。

它站在时光里,闪耀着智慧的光。面对它,人们总是骄傲地说:"这是我们的太公树!""这是我们祖宗树!"它成了一棵伟大的树,又或不仅仅是一棵树——人们将它奉为树神,把心底最美好的心愿写在红纸上,贴在它身上,虔诚地求它、拜它,认它做父亲、祖父、太公。他们在它的庇佑下过着幸福的日子。

站在树下,即刻就安静了。它有一种令人安静的能力。比如此刻,它为我们遮挡了六月的骄阳,又让枝叶缓缓动作,拂起一阵又一阵清风,驱逐了我们的燥热,心也就安静了。如果来一阵雨,它也可以为我们挡一会儿,它不够密集的枝条会挨得更紧些，光滑而硬朗的叶面会让雨点像坐滑梯一样滑下，而我们往它身上靠得再近些，躲入它微屈的臂弯里，就能躲过一时的风雨。或许是因为它来自北方，一路长途跋涉，见过许多世面，有刀光剑影，有人情世故，有悲欢离合。这些世面增长了它的阅历、勇气和风度，令它具有了与本地生长的树不一样的气质：一些勇敢，一些洒脱，还有一些内敛的忧伤。或许是因为它在这里一站就是九百年，看着时代一个一个地过去，又一个一个地到来，看着村子慢慢生长，子孙绵延，安居乐业，而日子如水一般平平淡淡，却安安心心。于是，它从容淡定地面对发生的故事，对这片土地上的日子满足而感激。

也许世上的树都是这样的。比如黄陵县轩辕庙中的轩辕柏，据传为轩辕黄帝亲手所植，已有五千多岁。那年，我站在树下仰望它，仿佛看见一个精神矍铄的老人，捻一捻长须，引领时间飞速后退，又急速向前。在它面前，时间是一个多么虚无的词，长长短短五千年，万物终归尘土，财富、权力、城池、生命，都被一阵又一阵风吹散了。五千年时间，只长成了一棵树。

比如唐太宗李世民在约一千四百年前种下的一棵银杏。这棵生长于观音禅寺内的银杏，汲取了约一千四百年的天地日月精华，聆听了约一千四百年的梵音，因此长

如

在

得温婉大气,低调内敛而又风度翩翩。每年秋天,叶叶尽染,仿佛穿了一件华美的唐装。而当一阵风过去,树上树下便是铺天盖地的金黄,因而,它被称为"世上最美的树"。

近千年光阴过去,榉溪村远离俗事纷扰,是一个适合修身养性的地方。一棵树在这里修炼千年,变得温文尔雅,颇具儒风。一个村子因为一棵树源远流长,成为孔氏"第三圣地"、南孔阙里。

这是一棵有远见的树。或者说有些事早就注定了。

辑
一

无言话凄凉

假如我们还能对话，他一定会告诉我很多事。比如离开山东曲阜前的黑夜里发生了什么，举家南迁路上经历了什么，为何到了樟溪就不再走了，面对樟溪山水在想些什么，与世长辞留有多少遗恨……

站在孔若钧墓前，山默然不语，风也寂寂。孔若钧墓仿若一把庞大的太师椅，直直生出许多威严气势。面对他，我总会愁肠千转，从那样的威严气势中读出一些无奈、一些孤单。他本该与祖祖辈辈一样，魂归孔林，却永远留在了这个叫樟溪的地方。崇山峻岭，长流桂水，十万八千里故乡路呀，他似乎想说什么，却无处诉说。

靖康二年(1127)，金兵攻克北宋当时的京城开封，三月十五日，掳走了宋徽宗赵佶和宋钦宗赵桓而北去，中原震荡，堪称灾难的日子从此拉开序幕。徽宗第九子赵构逃到南京(现河南商丘)，登上了皇位，改元建炎。赵构皇帝四处躲避，开始了遥遥无期的逃亡生涯。他带着文武百官逃到扬州、湖州、无锡、嘉兴、舟山等地，一路流离。金兵追得慢，他便暂时停下歇口气，追得紧了，又慌忙择

如
在

路而逃。孔若钧亦携家南渡。漫长的逃亡生涯，令人身心俱疲。

建炎四年(1130)，江南的正月，天气严寒，非雨即雪。孔若钧当时已是七十五岁高龄，一路风餐露宿，身染疾病，再也经不起长路跋涉的艰辛。而赵构一味南逃，令他心中不免怅然。于是，孔若钧决意不再跟随赵构，赶往衢州与孔端友会合。从章安经仙居到永康再到衢州，途经榉溪时，孔若钧病重，一行人只得暂住下来。

国破家亡，故土成了再也回不去的地方。眼前山风凄凄，前路漫漫，与昔日曲阜安宁的生活相去甚远，对比之下难免产生一种万念俱灰的绝望。孔若钧悲从中来，一时感怀：

> 国否时危计致身，岂知今托栗山滨。
> 庙林惆怅三千里，骨肉飘零八九人。
> 顾影空高鸿鹄志，违时惊见柳梅春。
> 皇天悯我斯文裔，净洗中原丑虏尘。

哀怨绵绵无穷尽。孔若钧一病不起，不久便与世长辞，魂归山野。弥留之际，他也许明白了什么，凭着最后一点气力交代孔端躬，嘱托他从此远离朝野纷争，过日出

辑一

而作、日落而息的生活。但也许什么也来不及说。

　　一晃近九百年过去，他长眠于燕山腹地，日复一日望着当年暂时停靠的地方。当年人迹罕至的山谷如今屋舍俨然，慢慢成为一个温暖的村子。在这里，有寻常烟火，有安宁满足，也有梦想企盼。它多么像一艘船，随时准备起航北上，却年复一年无比安稳地停泊在这个港湾中。孔姓子孙安居乐业，人才辈出。也许孔若钧当年未曾选择之事，未能放下之事，此刻皆已了然。

如

在

村庄的骨骼

中国乡村建筑因地制宜,就地取材的居多。因此,石头屋、木板房、竹楼、窑洞、泥庐、草庐就这样应运而生了。

在榉溪,最常见的建筑材料要数石头了。石墙、石阶、石路、石弄、石井,在村子里走,仿佛掉进一个密密麻麻的石头世界。石头与榉溪的气质比较吻合。榉溪儒风盛行,村民儒雅端庄,有闲看云卷云舒的气度。石头朴实厚重,被岁月风雨打磨掉了棱角。

这些形形色色的石头大都来自周边山上、桂川河里。它们来到村子里,来到房前屋后,重新排列组合,各尽其用。它们站起来,坐下来,躺下来,侧卧,斜卧,趴着,或者四脚朝天地将自己丢在空地上,每一块石头都在寻找一种最舒适的姿态。

平整些的,就嵌进地里吧。大小不一的石头嵌进泥地里,人、牲畜、车轮、农具,形形色色的脚踩过去,就变成一条路。再铺一些,再踩过去,又是一条路。这些路在村子里四通八达,通往孔氏家庙,通往杏坛书院,通往千年桧树,通往十八门堂,人们一次又一次地把脚印留在路上,扎进土里。脚印叠加起来,岁月叠加起来,路越来越厚实,仿佛壮汉厚实的胸膛。

路上的石头被磨得越来越柔和,油光可鉴,要是下过一场雨,光泽便像玉石一样闪亮。大路小路还从樟溪出发,通往樟溪下游的后阁村,向西到达小盘村、礼济村、学田村。这些樟溪延伸出来的根支脉络,都是樟溪人的同宗兄弟姐妹。他们在这些路上来来往往,传递亲人之间的情谊。它们还沿着桂川古道、苦茶岭、石上岭,走向更深的山里,或者打开山外的世界。

坚实些的,就用来垒墙吧。每一堵墙都是房子的骨骼。它们撑起一座又一座房子,一个又一个四合院,一代又一代樟溪人的柴米油盐、人生悲欢。它们一立就是一辈子,甚至几辈子。它们必须稳重踏实。从前的工匠也多有细致心思,了解每一块石头的脾性,让它们立在墙脚、墙中、墙角,或者门上、梁上。他们让石头互相磨合,互相支撑,中间只掺些黄泥混稻草。一块块石头挺直了腰杆,严丝合缝地立成一道道高墙、一条条深巷。

这些墙立在普通人家的院子里,立在通达的小弄旁,立在肃穆的家庙内。每次走过这些墙边,素朴和威严夹道而来,仿佛看见一个个脊梁笔直的儒士从岁月那头走到这头。

如

在

长条形的,往路中央一放,铺成石板路,于是有了江南小村的婉约。或者放于门前屋后,夏日的夜晚人们就在这些石凳上坐着,数星星,听蛙声,聊农事,聊人生,都是令人难以忘怀的时光。或者置于宋代水井的井口,明朝的小桥边,清代的屋檐下。岁月打磨它们的棱角,它们打磨自己的性情。

　　石头源源不断地进了村子,村子里到处都是石头的身影。这一村的石头成了村庄的骨骼和血肉。它们硬朗朗的,和村子一起慢慢变老。村子成为有历史的村子,石头成了有故事的石头。

了不起的梁

"梁"是一个了不起的汉字。中国历史上有很多个以梁为国号的国家,包括春秋时期的梁国、南北朝时期的梁、五代时期的后梁等。也作姓氏,梁姓是较为典型的南方姓。梁姓源流较多,或出自嬴姓、出自姬姓,或以国为氏、以地为氏、以邑为氏,我们熟知的梁姓名人有梁山伯、梁启超、梁实秋等。梁还是一幢房子的核心组成部分,架在墙上或柱子上支撑着房顶,承担着重任。

人们参观古建筑,都喜欢仰直了脖子,从雕梁画栋上、收敛的屋顶上寻找岁月的影子。斑驳的阳光穿过天井照下来,房梁便明明暗暗地躲在交错的光影之中,时光瞬间变得遥远,一点一点地不真切起来。岁月都在梁间挂着,深沉的、浅淡的,用白的、灰的、黑的颜色做标注,明明暗暗,都是时光的模样。

那白得发光的梁,仿佛新生的婴儿,初来乍到,有一团新鲜气息。即便整个建筑都模仿了古时打造,模样、形态都像,一进一进往里去,曲折有致,厢房、戏台、前厅后院,都花了巧妙功夫,也有雕梁画栋、飞檐翘角,但终究会

如

在

带着一些新事物特有的气息，张扬着要让所有人见识见识这份气派。到底太新了，不够稳重，不足以安放我们漂浮的目光。我们希望能够遇见一些更深沉的东西。而有时候，人们比较着急，动了心思，将建筑里的牛腿、梁柱、础石做了专业的仿古处理，或喷上旧色的油漆，或摩挲上千遍百遍，乍一看，还真像那么回事儿，但到底是缺了什么，总不是那个味道。

只有时间久了，房梁才渐渐深沉起来，自然而然地，仿佛老父亲的脸色，在岁月里慢慢磨砺——皮肤粗糙，皱纹加深，神色里增添了一些沧桑、一些无奈，以及一些豁达。这些都是岁月馈赠的礼物，仿佛遇到过一些事，开心落寞的，刺激无奈的，百味尝遍，或者一日日一年年地看着脚下众生来去，一桩桩、一件件地看多了，心态慢慢变得平和。看的是故事，长的是风度。有些事情是急不得的，唯有放慢脚步耐心等待。

而时间一刻不停地往深处去，梁上的颜色也往深处去，一代又一代，百年又百年，不知不觉竟过了上千年。岁月改变着世间万物的神色，给事物镀上深色的釉。它让那些乌黑的颜色顺着特殊的脉络，入木三分，入石四分，再入土六七分，直到融为一体，直到我们以为那本来就是木头的颜色、石头的颜色，或是土地的颜色。这些颜

辑
一

色沉沉的，是一幢建筑古老与否最直接的说明书。它们用这些厚重的颜色告诉我们，它们在这里好多年了。大概八百年，或者更多一点，比如一千年。

我喜欢看这些颜色。在它们面前，我们会感受到自己的浅薄，会变得通透，会放下我们短暂的前半生发生的故事、执拗的情绪，会因此多一些从容和睿智。我也喜欢推测它们的年纪，若猜准了，便像认识一个老朋友，相谈甚欢。

孔氏家庙也是一座颜色深沉的建筑，家庙的梁在时间中横了很久，不光有深度，而且有不一般的价值。它是弥足珍贵的。说其珍贵，是因为它能说明一些事，证明一些事实，澄清一些情况。当年，当一个村庄、一个姓氏、一个家族陷入混沌之中，被诬陷为假冒的孔氏后裔时，它郑重地站了出来，指着自己身上镂刻着的"双龙戏珠"向世人做出解释："榉溪孔氏家庙正厅的梁上雕着龙，除了皇室的建筑，这龙只能出现在孔庙上！"

一段冤屈被洗刷，一个身份被重新认可。每次来到家庙，村里人都指着它说："这是一根了不起的梁！"言辞中带有一些骄傲、一些自豪，以及一些庆幸。我们沿着他手指的方向抬头望去，一道明晃晃的光亮打过来，看不真切，伸出手去遮挡住耀眼的光芒，才看清楚了，梁黝黑暗沉的底色上,有一些东西在闪闪发光。那两条神气十足的龙,正腾云驾雾,似乎要飞起来,要跃上青天去,而中间的一颗赤红的珠子熠熠生辉,被两条龙争抢,如同要被推出来,掉下来,我们甚至要伸出手去接住。过去的时间里,这里一日日上演了许多动人的故事。梁在高处,看风云变幻,看榉溪沉浮。我们就在家庙中倾听那些过去的以及正在进行的故事,也畅想即将发生的故事。

故事从来不会结束。

宋代水井

　　一口井可以存在很久,久到记不清岁数。人们会这样告诉下一代:"我爷爷打的。""我爷爷的爷爷打的。""我爷爷的爷爷的爷爷打的。"后来,这种解释的方式变得像绕口令,谁都记不清是几代爷爷了。于是便说:"是我祖上留下来的。"现在,我们叫它"宋代水井"。

　　宋代,确实过去很久了。按此推算,水井大致有八百岁,或者多一点,或者少一点。但凡事物上了岁数,岁数就没那么重要了,多几岁、少几岁都不过眨眼间。时间一长,人们忘了它的来处,那些口耳相传的故事只有少数人知晓了。相传,水井曾被妖龙占据,不但不出好水,还惊吓百姓。高二娘娘获悉后,派龙女降服妖龙,永镇水井。从此,此井出水清冽,永不干涸,成为榉溪早年间唯一的饮用水源。人们叫它"龙女井"。

　　一条石子小巷向前伸展着,突然间有了岔路,拐向一户人家的后门,水井就在这后门口拦住了去路,仿佛要求经过的人留下些什么。水井故意放低身段,井口那么低,似与地面持平,甚至还要矮那么几分,如硬生生地被摁进

如

在

土里去,一汪黑压压的水填充着井口。待我们走得足够近时,才发现灰尘簌簌地往黝黑的水幕上落,泛起丝丝涟漪,仿若展开一丝不明显的笑容。再把身子往前探些,井中便出现一个自己,喜怒哀乐都写在水面上。过去的时间里,不知道有多少人经过,在这里照见过自己。那些形形色色的脸,一张张印在平静的水面上,随着深沉的水晃动几下就不见了。和它说个话吧,可不管我们说什么,它都沉默不语,一股脑儿地收进深渊般的水底去了。

也许,当初它不是这般模样。那时候,它是一村的焦点,所有人的目光流露出水汪汪的喜悦和希望。自它在这片土地上扎下根,这个远道而来的孔姓家族便坚定自己的信念,对这里爱得深沉。它从地面长出来,长得高高在上,坚硬的青石齐整整地围着井口,棱角分明。我们一次次把水桶抛入水中,用粗糙的布绳、麻绳、塑料绳,一头绑住水桶,一头贴着井口一遍又一遍地磨砺它。有时也用一根带钩子的竹竿钩住水桶扔进井里去,"啪"的一声,水桶打在水面上发出响亮的声音,仿佛两个人见面热情地打了个招呼。水桶欠着身子,慢慢地吃了水,慢慢下沉,竹竿用力地点了一下水桶,水桶便加快吃水,差不多吃饱了,要下沉了,竹竿又一把钩住水桶上的把手,唰地一下将其拉出水面。水桶里的水满当当的,摇摇晃晃地洒出一些,落雨似的落回井里去,发出哗啦啦的声音。

每个时代都有自己不同的取水方式,有自己的烟火日常。就这样一代又一代过去,井口被磨平了。井口越来越低,身子不住地往下沉,直到尘埃里去。与它一样的,还有很多事物,古桥、古街、古宅、古道,纵然仗着一个"古"字存在着,也终究抵不过岁月的蹉跎,一桩桩、一件件都被抚平了。也许尚能留下些什么,也不过是越来越粗糙的躯壳罢了。

几块笨重的石板粗鲁地盖住井口,我使劲儿搬了几次仍是纹丝不动。人们已经遗忘了当初每一个从井口开始的清晨。那些清晨,冬暖夏凉,人声热闹。人们从这里开始一日三餐,柴米油盐。他们脚上趿着拖鞋、脖子上挂着毛巾来,挑了两只大水桶来,抱了衣裳、被面来,端了锅碗瓢盆来,还有一肚子的家长里短……有一天,大家担心那个张得方方的大口会吞下不该吞的事物,比如自由惯了的鸡鸭猫狗,或者慕名前来的游客。他们太好奇这里的风物,总喜欢到处乱逛。于是,大家找来石板封上了这口井,仿佛下定决心要封存这一井仍然清冽的水,连同封存曾经那段热热闹闹的生活。

有人想为它争辩什么,便在旁边的石阶上挂出一块木头牌子,上书"宋代水井"。原色的木头,仿宋体毛笔字,崭新崭新的。头一回到达这里,我瞧见这四个字,便四下寻找,好一阵子方才发现就在脚下两三米处,隔着厚重的石板,有清泉暗涌。人们往往用一个朝代来标榜其存在的意义,而对于一口水井来说,有人来打水才是它最大的意义。

十八门堂

　　在九思堂，如果不低头细细思量一番，会觉得浅薄。你看，一脚跨入院门，正对着大门的牌匾上，"九思堂"三个大字仿若有光，成了院子里最耀眼的事物。它们不由分说地闯入我们的眼中，投下明亮的影子，又落在我们心上，提醒着我们："视思明，听思聪，色思温，貌思恭，言思忠，事思敬，疑思问，忿思难，见得思义。"概括起来即"君子有九思"，语出《论语·季氏第十六》。孔子所谈的"君子有九思"，涉及言行举止各个方面，他要求自己和学生认真反省一言一行，包括个人道德修养的各方面。化用这样的语句来命名一座门堂，使得这里多了一些庄严、一些肃穆，也许人一脚跨进院门，心里头早已有了"九思"之意。

　　但实际上，九思堂又不是这般高高在上的样子。它不像其他深宅大院，仿佛累积了许多秘密，故意要隐藏什么，帘幕重重，一条条小径捉迷藏似的折了又折，一进一进地走进去，直教人迷失在深处。而九思堂如熟识的邻家大伯，带着朴素与亲和，向我们袒露所有信息：清代建

如
在

筑,坐南朝北,三合院,前方正房有三间,两侧厢房各四间,洞头屋各两间,中间是一个大门堂,用小块的鹅卵石密密匝匝地编织出好看的图案。这样的院子,不仅有一种大户人家的庄严和规范,更有一种小家庭的亲热和温暖。当年房主孔承栎自幼敏而好学,博览群书,淡泊功名,爱好钓游之乐,生四子,均为修身齐家之辈。他与永康县令张淳交情甚厚,后张淳升迁,与孔承栎分别时,张淳取《论语》"君子有九思",题书"九思堂"匾额。"九思堂"沿用至今,成为一个标志性的名字,只是不知当初是孔承栎"九思"在前,还是离别之际张淳与其共勉?

我喜欢这样的门堂,一大家子人在一起住着,门对门,户挨户,亲亲热热的。相互之间知根知底,除了日渐浓厚的亲情,没有秘密。门不落锁,通常"四门大开",方便相互走动。如果有事出了门,轻轻一掩,用一根木枝插进锁扣。木枝是门口柴火堆上随手折的,甚至都没经过挑选,手伸到柴火堆碰见了哪根便折哪根,如果有过选择,也无非挑一下细而瘦长的木枝,毕竟锁扣孔不大。这木枝进了锁扣,意思明显,便是主人外出去了,若是有锅碗瓢盆要用,或者借个油盐酱醋,抽去枝条,推门取了就是。乡村人家特别是一个门堂里住着的,没有秘密,也不需要秘密。大家的心都如门一样敞开,偶尔轻轻掩上,但从不上锁。

白天,门堂里盛放着太阳。玉米、大豆、麦子、谷子晾晒在门堂中央,满满的人间烟火味,这些田间地头刚收获的粮食是一家人的一日三餐。粮食丰收,日子滋润,他们沉浸在这种简单而幸福的生活里,怡然自得。有时晒番薯条、土豆片、豆角干、萝卜皮,心灵手巧的媳妇儿会变着花样将普通的食材加工成可口的食物。她们也翻晒一个家的家底——青花棉被、鸳鸯绸被、绣有"囍"字的双人枕头、散发樟木香气的樟木箱,那是跨进这个门堂的新娘曾经引以为豪的风光,翻晒它们,仿佛翻晒当初热闹而喜庆的场景和甜蜜而激动的心情。从那一天开始,她收敛少女之心,成为一个真正的女人,相夫教子,勤俭持家。有时人们还会搬出一摞又一摞的书来,在阳光下一一排开,清风抚摸它们,沙沙作响,仿佛时光的脚步。有些书很老了,比门堂里年纪最大的老人还要老,不知从哪一代传下来,经过了多少人的手,纸张泛起深沉的黄。一些书页被勤劳的书虫啃咬过,斑斑点点仿佛写下的诗行。在闲暇时候,人们就坐在家门口、堂屋前、廊檐下,翻阅古往今来的书籍,也翻阅上下几千年的悲欢。

夜晚来临,门堂就用来盛放月光。门堂上方明月高悬,白银一样的月光倾泻下来,周围的房子躲藏在暗影里,门堂里却亮堂堂的,如同白昼,拿一本书在月下深读也是别有风味。月亮刚升起来的时候,墙角的大水缸里就掉进了一个月亮,仿佛刚从天上落下来,还不能站稳,不住地晃啊晃。大家搬来竹椅把自己晾在月光里,整个人都沐浴在银光之下。凉茶散发清甜的香气,驱赶蚊虫的菖蒲闪烁着若明若暗的光亮,人们有一搭没一搭地说话。门堂里的长者肚里有许多故事,有些是从太公爷爷或者村里的长辈那里听来的,有些是从那些泛黄的书上看来的,而有些是他费尽一生的心思才读懂的人生。天真的孩子最爱听这些故事,他们听《水浒传》《聊斋志异》《三国演义》《封神演义》,以及更多流落乡土荒野的传奇。他们认识宋江、李逵、姜太公、刘备、曹操、孙权,曾学着他们持刀仗剑,一时诸多豪情壮志,也认识了小倩、小翠、小谢,这些貌美如花的女子总是在漆黑的夜晚出来活动……孩子们听得后背生凉,一边捂上耳朵,一边又扒开指缝,生怕遗漏了一个细节,而在那之后的许多夜晚,不敢出门,不敢走夜路,不敢独自上楼,甚至不敢将手脚伸出被子之外,生怕一些不知来路的手脚会触碰过来……

就这样,门堂里盛放了我们多姿多彩的童年,我们像稚嫩的鸟儿,等到羽翼丰满,就一个又一个地飞出院门去,而后栖息在陌生的城市,有些会飞回来,有些拼尽全力在城市里有了新窝,再也不回来了。门堂也盛放了大人们琐碎的日子,他们在柴米油盐中消磨掉或精彩或微不足道的一生。人们来来去去,像岁月长河里的鱼,过去的过去着,来的来着,未来的酝酿着,唯有门堂日复一日地守护着原来的那个自己。

在樨溪,这样的门堂一共有十八座。先德堂、余庆堂、贞节堂、崇德堂……一座座门堂线条疏朗,横平竖直的,勾勒出一个又一个大家庭。登上高处眺望,仿佛一个个四四方方的盒子,又似一口口深邃的井。这些井手牵着手,肩靠着肩,从东头一直连到西头。这一整个村,多像一个家呀,不分彼此。而散落在这些门堂里的故事,比如孔中和"折节读书,敦行不怠,不枉道以事人,不苟志以利己",或者孔得载三兄弟"自小友悌,同心同德,如手足之相持",又或孔克英之母陶氏自丈夫过世后,独自将儿子抚养成远近闻名的一代名儒,还有寿峰公精通医术,救死扶伤,病人送来"永世流芳"的匾额……这些经年的故事被口口相传,写进家谱,传颂了一年又一年。这些门堂里的字句,除了律己,也训示后人,更警醒他人。

一座门堂就是一本厚重的书。十八座门堂仿佛一部《论语》散落在村子里。

杏坛书院

他大概是书院里最安静而生动的一幅画了。

杏坛书院终于搬回了旧址——从孔氏家庙边上的三合院搬至眼前这个四合院。即使在老院子里落脚,各种事物仍有新近布置的痕迹,灯笼、对联、书架、书桌,以及翻修不久的屋顶楼板,都在陈旧中透出新意来。新意与古意混杂在一起,相得益彰,吸引了很多人前来。人们对这个古老而新鲜的书院充满好奇。

实际上,这里才是杏坛书院的原址。"杏坛书院"之名缘于山东曲阜,相传曲阜杏坛为孔子讲学处,而此地系孔子五十代孙孔挺办学之处,故名杏坛书院(杏坛书塾),并环植杏树,颇为名副其实。如此,六七百年后,杏坛书院以另一种形式得到恢复,有如一个院子终于找回魂灵,顿时生动起来。

书院入口处设有一室,曰"三乐室"。三乐室的门开着,门上写有"三乐室",红纸黑字。门外三张竹椅靠墙而立。椅子上方一扇窗,贴有六个生肖的窗花。门的左右写道:"采菊东篱下,悠然见南山。"横批:"半耕半读"。其中的一张椅子上，一位阿公头发花白，戴了咖啡色框的眼镜，跷着二郎腿，埋头读一本书，书上图文参半。他读得认真，人们来来去去，经过他跟前，如穿梭的鱼，仍是无碍于他。他只顾读书，仿佛要从书中寻找什么，探究什么，又侧了脑袋，将书稍稍抬高，凑近了一些仔细看着。现在读书人不多，即使读书，也是旁边一个手机时不时就扭头查看，哪能如他一般沉浸到书中去。我感动于这副钻研的态度，便拿起相机拍了下来。

　　我忍不住坐在阿公边上，想跟他说话。阿公停下来，将书轻轻合上。他读的是《宋美龄画传》，已读过大半。

　　阿公很和善，面色红润，常常未语先笑，像我的外公。人一笑就显得可亲近，也许上了年纪的人都爱笑。他九十一岁了，但声音洪亮，讲话条理清晰，而且耳聪目明，即使摘了眼镜仍能读书看报。我惊讶于他的身体状态，露出一副不可思议的表情。他便真的摘了眼镜，给我念上一段书。

　　我自然十分欣喜："您都爱读什么书？"

　　"什么都读，以前都到家庙边上的书院读，要走上一段路赶过去，现在好了，在自家院里，两万多册书，可以随便读。"他世代都在这院里居住，一同住着的还有很多人家，只是好多都搬走了，留下他和对门的两个老奶奶。那

如
在

些腾出来的房子稍事装修，便成了书院。他显然十分开心，如此，便可天天泡在书本里了。

他说："有活干活去，没什么事就读书。"我不知道九十一岁的他还在干些什么活，大概是种种菜，养养花罢了。如此，他的大部分时间都在读书。身后的横批上写——"半耕半读"，多么应景，仿佛专为他而作。或者亦可作"晴耕雨读"，天气好时我来这里都不曾看见他。那些时间，他大概干活去了。

"您曾经是老师？"我觉得阿公身上带着书卷气，像一个老师，要不然就是退休干部之类，总之是肚子里有墨水的。

"一九四九年之前，我当过一个月的老师。后来考上了台州师范，我想将一生奉献给教育事业，但由于我'成分不好'，只得做一辈子的泥水匠。"他说得有些庄重，居然用了"一生"和"事业"这样的词语。他又用手指着旁边的两间屋子，颇有些骄傲："在村里我有徒弟，我们住的屋子都是我们自己盖的。"

我对他的命运感叹不已。他似乎看出什么，摆摆手说："我这个人向来乐观的。"

而后，他又沉浸到书中去了。我笑笑，给予他这份豁达的也许是岁月，也许是从不曾间断的阅读。

桂川古道

　　一条路要存在多少年才能被称为"古道"？与"古人"相比，古道是有生命的、延续的。古人俱往矣，有的名留青史，有的成为丰碑，有的却默默如尘埃，永远消失在时光隧道里。如果要说人也有延续性，那也只是家族的延续，而非个体本身。一条路却可以存在很久，可以长命百岁、千岁、万岁，甚至可以一直到地老天荒。

　　在榉溪村南，往山上走，有一条路通往高姥山，名叫"桂川古道"。

　　一条路是因为历史需要才会适时出现，或为官道，或为民用，总有存在价值。据说，桂川古道修建于七百多年前，是一条盐道。在古代，磐安山区缺盐，要从台州仙居一带离海近的地方挑过来。桂川古道因为不是官道，关口少，距离近，所以成了挑盐的捷径。如果桂川古道存在的时间再早一些，比如在九百年前就已经存在，那么当年孔端躬一行人从仙居择道而来，可能就是沿着这条古道蹒跚而至的。若真是如此，那么桂川古道又要被赋予另一层特殊意义了。但是猜测也好，传说也罢，都已过去了,只有桂川古道一如既往地蜿蜒于山间。

初秋的一天,我们沿道而上。我们从石块铺成的路上走过,了无痕迹。和我们一样,不知曾有多少脚印留在这条路上,同样了无痕迹。挑盐的,逃难的,出门营生的,求学的,衣锦还乡的,归隐的……那么多脚印重叠在一起,通通不见了。古道如同收藏脚印的老者,收藏了几百年的脚印。行人的脚将成千上万块来自山林、溪流的石头踩进土里,踏平,再把石块踩得发亮,留有岁月痕迹。一年年的脚印积攒下来,路变得厚重,从土里凸出来,成了硬邦邦的脊梁。站远一些看,和我在博物馆看到的恐龙脊椎骨有几分相似,都成为事物最重要的部分。只要这根脊梁在,山在,人在,村庄也会在。它指引着人们从茫茫大山深处走向外面的世界,也招引着外面的人走进这片寂静的山林。

山林寂静。除了鸟叫虫鸣、山溪欢唱,以及清凉的风吹过树叶发出的沙沙声,别无他声,仿若整片山林属于我们。我们突然拥有如此广博的空间,一时觉得十分富有,心情畅快。隔一段路,便遇见一个凉亭。古时人们为了过路人方便,选取适当的位置修建凉亭,都是三面墙,无门,屋顶矮而简单。亭中设有几处座位,有时是几块大石,有时是几条木凳,现在新修的凉亭是用水泥沿三面墙根处浇筑一排座位。有的凉亭还设有茶水,慈祥的茶娘会给过往的路人免费提供茶水,故又称"茶亭"。

桂川古道上设有三座凉亭,大都是在我们最需要休息之时出现,当初的造亭者一定常常来往于这条长路上,对它十分熟悉又怀有特殊情感。他出发又回来,见过很多风景,也遇到过很多风浪。他思及他人,发动乡民集资捐款,要为过路人留下几处避风港。他凭借经验将这条回家之路、求学之路,抑或探亲之路划分为三个阶段,让行人累了可以歇脚,养精蓄锐再出发。他用这样的方式热爱这条长路,也给他人希望和力量。凉亭有如海上灯塔指引航船,让我们的行走有了阶段性的方向,到达一座凉亭,便离目标近了一步,又到达一座,更近了一步⋯⋯这茫茫的大山啊,这寂寞的山中行走啊,终于温暖了许多。

在一座凉亭边上有一处两层泥屋。黄泥墙立着,许多地方被风雨剥蚀,单薄而沧桑,不知道过去的日子它经历了什么。此时,如果再来一场风雨,恐怕泥墙就要倒塌下来,瘫软成一团泥。它像走到了尽头,成了岌岌可危的物体,我们不敢靠得太近。爬山虎乘虚而上,挂满墙面,又爬过屋顶,复从檐上荡秋千似的挂下来。这些生命力极其旺盛的植物仿佛一面镜子,愈发照见老屋的荒废。

如
在

门框、横梁仍在,门板、楼板、床板都被拆走了,屋里空荡荡的。能拿走的全拿走了,老屋仿若一个被剥光了衣物的老人,被遗弃在那里。那几个空着的门洞如同睁着的眼睛,眼神复杂,想要看见什么,又想要忘记什么。

这里应该住过一户人家,只容得下一户,也许上有老下有小,一家人和和气气地挤着。住的时间不会短。屋前有几块薄田,层次分明,田埂脉络清晰,曾经供给了全家人的一日三餐,如今荒着,杂草疯长。屋后是一大片修长而茂密的竹林,春天一定会抽出数不尽的竹笋。安静的时候,应该能听见竹笋拔节的声音此起彼伏。一条石径蜿蜒着,通向深幽之处,意味悠长。这大概就是历代隐士心目中的理想家园——靠山面水,有良田美池桑竹之属,鸡犬相闻,儿孙绕膝……可不知为何,主人似乎要断了所有过去,走得异常决绝。

最初,也许只是一个偶然的机会,家中的一个人下山去看看。他不曾想到,外面的世界那么精彩,让人兴奋,让人眼花缭乱。他回来,一边将这些精彩告诉家人,一边盘算着再走出去。人一旦接触到新鲜的事物,就很难在原有的旧事上安分守己。而后,家里人蠢蠢欲动,都想要去看一看山外的世界。再后来,他们都出去了,又回来了,又出去,却再也不想回来了。于是,他们重新在外面白手起家，安排好一个简单的栖身之处，又将老屋中能用的、能送的，或者能变卖的，统统带上。耕牛、粮食、被褥、橱柜、锅碗瓢盆，以及屋里的一切生活必需品，都这样跟着主人走向山外的世界。从此，这里空闲下来，只供如我一般的过路人怀想一番。

两三小时后，我们到达山顶，浓雾包拢过来。松柏、灌木、草甸以及不知名的小花浸泡在牛奶一般的浓雾中，仙气飘然。据说山顶有一座娘娘庙，庙里供奉的是顺天圣母陈十四娘娘。每年农历七月初七，这里都要举行盛大的庙会，善男信女从四面八方赶来，朝拜祷告。我未曾参与这里的庙会，只在图片上见过。那些诚心诚意的灵魂啊，我深深地感动于他们的虔诚和谦卑。

站在雾气朦胧的山顶上，俗世间的一切都离得那么远。隔着千山万水，隔着重重浓雾，什么都望不见了，唯独剩下我们自己。我们很少有机会可以和自己独处，也许，在这样的地方，许下的心愿都会灵验，因为我们再也不会要求太多。

如

在

古　庙

　　有些事物时间久了,会成为村子的一部分,以至我们会觉得自从有了村子,便有了一直存在着的其他事物。我们早年养成了习惯,会以为日子只有这般过才是正常的,若换一种方式,便会生出许多惊奇来。我们有时甚至会说:"怎么会这样?""怎么可以这样?"而世间诸多事情,哪有非要如何就如何的,只是我们出于惯性这样想而已。

　　有人说,古庙是一个老村子的标配,有村就有庙,有庙就有村,但先有庙还是先有村,却说不清楚了。只是很早以前,榉溪就有一座净胜寺。据说当年孔端躬一行南渡途经榉溪时,就暂时借住在寺院里。相传,唐咸通二年(861),天台高僧释清观游历榉溪,认为此处路途艰险,人迹罕至,又见此处山水环绕,环境优美,系适于修禅之地,故选址建寺,取"安净之所、修禅最胜"之意命名为"净胜"。净胜寺背靠来龙山,面对燕山。据道光《永康县志》记载:"在县东北二百四十里,唐咸通二年建,地名榉溪。"这里的"县"指的是永康县,当时榉溪隶属永康,系四十七都。据说当年净胜寺香火鼎盛,寺里曾有二十多位僧人,

辑一

· 037 ·

但后来不知何故不知所终。他们去了哪里？是因为战争，还是疾病，或是其他？民间曾有过种种推测及猜想，但都无据可考。有些事物消失得悄无声息，即便当时也曾轰轰烈烈，最终却都消失在历史风尘中，不留痕迹。

来到桦溪，会发现寺庙有很多，也许和之前净胜寺的香火鼎盛有着一定的关系。这些寺庙分布在村子的不同位置，仿佛有人为这个小小的村子设下一重又一重关隘。村口的白鹤庙、军七公庙，分立在溪流两岸，一座桂川桥将它们串联起来。它们面对面地站着，有种相看两不厌的感觉。村尾的太禹庙，一棵柿子树守在庙门口。秋日里叶子落尽，柿子红遍，像一根高大的旗杆上挂满火红的小灯笼，成为太禹庙最显眼的标志。桂川古道旁的山神庙，庙宇朴素小巧，尚不如家里的灶台高，有种庙不在大、有神则灵之感。弯下身去，看见山神公公、山神婆婆眉目慈祥，笑容可掬，仿佛遇到了喜事儿。路过时先看一看他们，进山的心情就十分愉悦了。

村中央的那座土地庙我稍微熟悉一些。冬天时，我参加过大扫除，整理庙前经年的瓦片，挑出碎裂的，留下完整的。那些瓦片不知何时叠在这里，大概是村里的某个好心人赞助的。大凡寺庙都是靠有善心之人你五十元、我一百元的捐助建造的，而有些不富裕的人家有物捐

如

在

物,有力出力,比如眼前这座小庙的三面墙、地面、屋顶都是大家共同完成的,以及佛身上披着的袍子是几个村民联合赞助的,上面还用歪歪扭扭的字标注出来。这也许是希望神明能看见自己的虔诚,也许只是为了了却一桩小小的心愿。

这些经年的瓦片,待在这里大概很久了,原本的红色暴露在空气中已经褪去了一些,有些许发白,像蒙着一层灰。被盖住的部分红色却无端鲜艳。一张瓦端在手上,两种截然的红仿若两种时光:一种是走远了的逝去的岁月,另一种是正在进行的红火的日子。在岁月里浸润久了,会失去原来的硬气,时间就是这样教会万事万物柔软的吧。轻轻一掰,一条裂缝便在瓦片上蔓延,瓦片成了两半。若使力重些,裂缝的生长就更快些,眨眼间,瓦片就碎成好多块。若是"啪"地往边上一丢,便见瓦片如鱼鳞一般碎了一地。我们丢弃不经用的,挑出完好的码整齐,以待日后小庙修整时可以补上,又扫了地,轻轻拂去佛像身上的灰尘。一时间,整座小庙变成一副光鲜的模样,而原本笑着的土地公、土地婆愈发亲切了,我甚至伸出手来摸了摸他们,也拿起相机拍下照片。我喜欢这种亲切的神情。

这是我平生头一次为一座小庙付出一些气力。以前总是离得远,觉得各方神明高高在上,威严万分,靠近不得,更不敢造次。也许是动了动筋骨,微微冒了些汗,原本不太舒服的身子渐渐舒畅起来。而在过去的那么多时光里,有一群人悄悄地为这些寺庙不止一次地送去帮助。他们默默付出,无意求得回报,也许只是和我一样希望身心感到一点愉悦。或者,他们也会在佛前倾吐自己的心事,祈求一些护佑,但无非是身体健康、儿女孝顺、子孙学业进步之类简单而美好的愿望罢了。这些话在一个郑重的场合被认真地说出来,越发显出我们是这样真实而真诚地活着,生活自然会变好的。

当大大小小的各个寺庙以及古桥、古树、古井,都集中到一张"樟溪精神世界地图志"上时,樟溪的时光就会变得悠远而迷离,仿佛从远处走来,又正走向远处。而那些发生在这片土地上的爱恨情仇正一点点地缥缈无踪,在这漫长的岁月河流里,还有什么是我们不能看透的呢?那些一直信奉"善有善报"的心灵,仿佛都有了庇护,于是心地善良诚恳,待人接物和顺,乐于做一些温暖人心的事情。我把这些寺庙都走一遍,从村头到村尾,从村南到村北,就像把一整个村子都揣在怀里一般,那么多过去的、现在的,以及即将到来的岁月,终于都有了落脚之处。

如

在

屋 顶

　　爬上燕山,站于半山腰,看样溪的屋顶,这是我很喜欢做的一件事。站得高,看得广,脚下的事物那么近又那么远,亦幻亦真。四周墨绿而绵延的山脉,仿佛母亲温厚的手,环成一个怀抱。怀抱隔离开山外的嘈杂,挽留住一份净土。样溪像一个孩子,十分安静地依偎在母亲的怀抱里。

　　乌黑的瓦片在眼前绵延,如同有人打翻了墨盘,晕染得到处都是。这乌黑的颜色是中国传统古村落的主打色,像老农民的肤色,日日面朝黄土背朝天,被太阳晒得黝黑,但健康而有活力,泛起好看的光泽。再看仔细些,这乌黑是有纹路可循的,像我们小时画过的波浪线。我们要用波浪形的尺子辅助,一支笔紧紧靠着齿状的边缘,"哧溜"一声画过去,一条规规矩矩的波浪线跃然纸上。但不管如何,谁都画不出两条同样的线条。

　　像鱼身上的鳞片,一片叠着一片,一大片叠着一大片,由屋檐开始往上叠,排队似的,谁也不会超前一点落后一点,不会干扰了约定俗成的秩序,一片又一片乌黑的瓦片就这样静静地守卫在自己的位置上，仿佛有人告诉过它们坚守就是使命。它们就老实而本分地遵守着这些规则，直到最后一刻也不会挪移一步。

屋顶就这样形成了。远看都是乌压压的，近看模样却不同。从上面看，是一个个长短不一的"一"字。从侧面看，是大大的"人"字——延伸的，有厚度的，仿佛拖着长长的尾巴。有的"尾巴"薄一些，像被突然截断。那是独门独户的一两间，在村子的角落里，或者地势较高的坡地上，似要与人家保持一些距离，有点遗世独立的况味。有的"尾巴"厚重些，三五间、七八间，甚至十余间屋子一溜儿排过去，很是壮观。隔墙而居的，大都沾亲带故，最初也许是同一个家庭。一个母亲生养下许多儿子，父亲造了一排房子，按照长幼一人一间或两间地排过去。从此，房子里升腾起日常烟火。

从此，一个家庭繁衍成一个家族。

讲究些的，或者家里富足的，就会将这些延伸的"一"字重新排列，拐个弯，再拐个弯，首尾相接，围成周正的长方形，辅以院门、马头墙，三合院、四合院就这样形成了。这样的院子看起来认真一些，像一个人着了正装，身材笔挺的，说话、做事儒雅，是谦和的君子。每回跨进这样的院子，起初会有一点拘束，仿佛有一种无形的

如

在

东西将我们与主人拉开距离,但时间久了,看多了屋檐下的寻常日色,便也一点点放松起来。这世上,有人穿华冠丽服,有人着土布粗衣,而酸甜苦辣咸,人生百味,终究差不多。

安居乐业的日子都相似。直到有一天,或许一阵大风刮过,刮得房子散架似的砰啪作响;或许夏日午后乒乓球大小的冰雹从天而降,密密匝匝地砸下来;或许是一场秋日的浓霜、冬日的大雪冻坏了瓦片的筋骨。就这样,瓦片慢慢坏掉了,过完了自己的一生——也许破了一个角,也许粉身碎骨。于是,屋顶上便开了一个小天窗,仿佛打开一个新世界。窗外有风,带着草木的芳香,有晴朗而高远的天空,偶尔有燕子、大雁、喜鹊经过,季节,就这样挂在这方小小的天窗上。或者,那是一只眼睛。屋子借着这只通天的眼,忽闪忽闪地向浩瀚的宇宙张望。在这些遥望中,一小块阳光钻了进来,落在木质的楼板上,随着经过的风晃啊晃。这一小块阳光活泼泼的,像遇到了喜事,高兴得跳起舞来,是柔软的中国舞。时间久了,屋顶老去,打开一扇又一扇天窗,仿佛岁月的老去不过是多开几扇窗,或者多长几只眼睛。这些眼睛洞察世事,体味悲欢,将一屋子成长的痕迹尽收眼底。雨来了,眼睛里便落下许多水,好像遇到不如意,需要一场痛哭来发泄。泪水哗啦啦地落个不停，楼板被落得湿淋淋的。穿越楼板，雨水还跑到一楼的泥地上。原本坑洼不平的泥地积起了好几个小水塘。调皮的孩子偷偷将脚丫一次次地探入水中，用力一踩，水花四溅，沾湿裤管，又落在旁边的泥地上，他们开心得哇哇大叫。他们玩得衣服尽湿，甚至脸上、头发上也挂满了浑黄的水珠，而不知何时，一旁的泥地上像开花似的盛开了许多小水塘。父母早已瞪圆了眼睛，看看不断飞溅的水，又看看撒欢的孩子，满脸无奈。他们搬来木质的、塑料的、铁质的大盆小盆，一遍又一遍地接水，一遍又一遍地泼向屋外，又接上，又泼出去。雨下一整天接一整夜，下一整夜接一整天。

终于，主人下了决心，决定挑个好日子，把瓦翻一遍。所谓的翻瓦，就是对整个屋顶做一次全面体检，关上那些透光漏雨的天窗。这是一件大事，得挑选好日子，要吉利，要连着几日天色大好。主人叫泥水师傅爬上屋顶，师傅们掂量着每一张瓦片的分量，情况尚好的，挪个位置重新像鱼鳞一样排好，残缺不全或者一捏就碎的就扔掉。被扔掉的瓦片啪啪啪地叫了几声，仿佛被摔疼了发出哇哇叫喊，叫声中升起一阵烟雾，像喘出最后一口气。碎了的瓦片横七竖八地躺了一地，厚厚地堆在一处。屋顶上

如

在

的椽子一根根地裸露出来,像屋子的肋骨。师傅们像猫一样蹲在上面,轻手轻脚的,仿佛担心把椽子压坏。我担心屋顶太陡他们站不稳,可他们显然已在好多屋顶上摸爬滚打过,练就了在上面如履平地的好功夫。三五个钟头之后,一个新旧参半的屋顶就做好了。新的瓦片泛着明晃晃的白光,那是事物崭新时才发出的光芒。

屋顶又画上了一条又一条波浪线。波浪线安安静静的,开始延续曾经的使命,日复一日地为人们遮风挡雨。屋子里的生活安定下来。炊烟升起来,在错落的屋顶之间游荡,像清晨的雾,像白绸子,像天上的云朵,却又带着草木气息。循着这些炊烟跨进一个又一个家门去,一屋子的柴米油盐,寻常烟火,活色生香。

小时候,我们就是看着这些屋顶长大的。童年时的我们调皮,会爬上屋顶揭瓦,或拿起石子砸过人家的屋顶。也许那些朝天张望的天窗,其中有一扇就是我们闯下的祸。夜深人静时,我们还会扬起一阵沙子,听见它像筛豆子一样唰啦啦地落在瓦片上,沿着瓦楞咕噜咕噜滚落下去,仿佛某些不明物体在沿着屋顶走动,而后就能听见胆小的孩子哇啦啦地哭叫,此时装神弄鬼的我们就会在乌黑的夜色里捂着嘴巴为"演出"的成功窃喜……

后来我们都长大了,一个劲儿往山外走,仿佛我们谁也绕不过离开的选择，如同鸟儿长大就要去飞翔。我们走出去很远，仍回头看，看到乌压压的屋顶依旧那样安静地站在蓝天白云下，脚步就一点点地踏实了。

而阔别多年之后再回来，远远地看见这些屋顶，一阵暖意就会蔓延全身。

如

在

辈　分

　　两个姓孔的相见,总要问一声:"你哪一辈的?"而后一番论资排辈。掐指算上两秒钟,恍然一声:"哦,太公在上,晚生有礼了!"说罢,竟正儿八经地拱手作揖起来。有时酒桌上见面,便斟满了酒,恭恭敬敬地敬了过来。大家谦让一番,豪爽地喝下。而有的,只要报上名字,便可推算辈分,名字当中的"繁""令""德"等字都是一张无须说明的"身份证"——"繁字辈,七十四代孙""令字辈,七十六代孙""德字辈,七十七代孙"。比如,优秀共产党员、焦裕禄式的好干部孔繁森系孔子第七十四代孙。在每个孔氏后人心中,似乎都有一张辈分表,从哪来,到哪去,脉络清晰。

　　辈分看似规规矩矩、长幼有序,一辈接一辈往下排,有时却也调皮,仿佛规规矩矩的日子过久了,非要找出点合理的乐子来。做了人家太公的可能是一个毛头小孩,而对方则是胡子花白的老者。抱在怀里的婴儿可能就是你的太奶奶。但规矩不能破呀,于是年纪大的一口一个"太公""太奶奶"喊年纪小的。年纪小的总归有些难为

辑一

情,应也不是,不应也不是。但长人几辈在某些时候就是资本,有了辈分支撑着,腰杆子可以挺得更直,举手投足也平添万千风度,甚至想寻机"使唤使唤"这些"小的们":"我是你的太太公呢,光这一点我就有资格接受你的敬仰!"而晚辈自然也懂这理,即便面对比自己小了几十岁的小孩子,也是恭敬有加。

孔氏家庙内有两张表——《孔子世系表》和《南孔世系表》。前一张表自孔子开始,第二代"鲤",第三代"伋",一直到第四十八代"端"。第二张表自孔端躬开始,一直到七十八代"维"。前一张是山东曲阜世系表,后一张是关于樟溪孔氏的脉络。而实际上,在樟溪孔氏已经发展到第八十代"佑"字辈了,只是世系表上来不及标出而已。

其他姓氏虽也有固定的行辈,但许多人只是在宗谱上打过照面,未曾慎重待之,甚至不知自己属于哪一辈。有些传统的东西都被我们丢掉了,远不如孔氏规范。碰见孔氏后裔,问及辈分,他们总能脱口而出,这份珍重由来已久。但在明代以前,孔氏后裔没有固定的行辈。明代初年,太祖朱元璋先后赐给孔氏十字作为行辈字,从五十六代起排,此后孔氏族人不准随便取名。明崇祯年间,六十五代衍圣公孔胤植报请皇帝,又立十字十辈。清同治年间,七十五代衍圣公孔祥珂经皇帝核准,又立十字十辈。一九一九年,七十六代衍圣公孔令贻由中华民国内务部备案续立二十字二十辈。以上几次订定的行辈字计五十字五十辈,这算得上是最奢华、最高贵的字辈来历了,代代都是由皇帝和政府亲自拟定。

在村里,辈分高代表着德高望重。村里的家族大会、重大祭祀等重要活动都会论资排辈,辈分高的占有重要席位,说话做事更有分量。大家默默遵守规矩——老祖宗定下的规矩不是说动就能动的。

孔火春是村里不可绕过的一个人物,我认为他是一位德高望重者。他是婺州孔氏南宗第七十四世嫡系长孙,繁字辈,长年致力于孔氏家庙保护和祭孔大典的振兴等工作,是婺州南宗祭孔大典省级代表性传承人。他曾是榉溪村的党支部书记。他领着村里人修复孔氏家庙,又邀请专家学者论定家庙的价值,后又多方奔走,终于让孔氏家庙"认祖归宗",成功申请为"全国重点文物保护单位"。他为榉溪村,为"婺州南孔"做了许多事。而这些事关乎一个家族的身份,一个村庄的尊严,实在是了不起的大事。

那一年,正好遇上祭孔大典。孔火春作为主祭人,身着华服,颇有气势,一系列烦琐的流程进行得有条不紊。他领着另一些较有威望的孔氏后裔叩拜祖先,一派庄严。

辑
一

我们站在一旁，跟着这种庄严气象走，有那么一些自豪的情绪逐渐产生。那一刻，大家似乎突然明白过来，这样的仪式背后，是许多孔氏后裔持之以恒的坚守和努力。他们目光从容，脊梁挺拔，衣袖轻拂间，竟有万般神采。那一刻，这些平日里极其普通的老百姓散发出独特的魅力。他们成了焦点，成了祭孔大典的核心。所有在场的人追随他们的目光，追随他们的举止，甚至追随他们的想法。也许，在他们心中，坚定地相信着什么，拥有着某些与众不同又引以为荣的情感。在茫茫大山深处的小山村，这样的情感弥足珍贵。

但我与孔火春真正熟悉起来还是在借编钟之后。我有个教美术的朋友上公开课需要用到编钟。编钟价格昂贵且不多见，加上时间紧张，来不及购买，一时犯了难。于是这位朋友来问我是否有办法借孔氏家庙中的编钟一用。我持反对态度：家庙是肃穆庄重之地，编钟系神圣之物，要外借应该是断然不能的。但我仍抱着试一试的态度，询问了孔火春。他的回答十分肯定："若是私用定然不允，但若用以教育下一代就破例一回吧。"我们十分感激，也钦佩他的处事态度，他既能坚守一些东西，又能合理地权衡一些事物的价值。他十分耐心地领着我们参观孔氏家庙，告诉我们一些藏在柱础瓦梁、天井戏台间的细

如
在

枝末节。他的介绍不同寻常,脉络清晰,又多一些细腻的纹理。他知道一些他人不知的故事,饱含他人未曾有过的情感。经由他的介绍,我们对家庙、对孔氏,以及对他及孔氏后裔的了解更深了几分,也更添几分敬意。他又详细告诉我们一些关于编钟的细节,给我们上了一堂很重要的文化课。

后来,我们又在槠溪碰面,当我告诉孔火春那堂关于传统文化和美学的课在浙江省获了一等奖时,他十分开心,说:"值了!"这时我感觉到一种特殊的光辉在他身上闪耀。

辑
一

万道公

他一个马步深深扎下去，仿若有一张透明的椅子，端端正正坐在上面。一双手似有千钧之力，十指微曲，慢条斯理往下压，压至腹部方才停住，慢悠悠吐出一股子气来。这大概就是习武之人所谓"气沉丹田"了吧。许久过去，他仍是石头雕像一般，纹丝不动，直直地生出许多威严气势。

我们依样画葫芦，也在一旁扎起马步，却是花架子，那股子精气神到底没有。不一会儿，大腿酸胀，脚下松动，前后左右晃动起来。"啊呀"一声，有的倒向左边，有的倒向后面。一时，许多不倒翁似的，东倒西歪一阵后直起身来，好一番揉捏才又稳了。

这个红光满面的阿公名叫孔万道，七十五岁。若不是他亲口告诉我们年纪，我们会猜测他顶多六十出头。年龄是一个神奇的东西，有时在人身上走得飞快，一夜之间人可白了头，有时却又慢得仿佛睡着了，几十年过去了，也不见人有什么变化。万道公自十二岁开始习武。他父亲年轻时行走江湖，习得一身好武艺，后来传给儿

如
在

· 052 ·

子。万道公兄弟仨，其他两个嫌练武苦，没学。他却一年一年地坚持下来，直至成为"武林高手"，在这一带小有名气。

我们坐在一张八仙桌上吃饭。万道公面前摆一只青瓷大碗，碗里是满当当的"黄酒"，刺溜一声喝一口，咕咚咕咚咽下去，再夹一筷子菜，慢条斯理地嚼着。我们到来之前，他已然喝开，只见他喝得满面红光，甚至额头都渗出细密的汗珠。我们觉得他十分豪气，有江湖侠士风范，这么大碗喝酒，酒量一定高人一筹，武艺也肯定非同寻常了。金庸小说里爱喝酒的必定是武林高手，武林高手必定酷爱喝酒，两者似乎相辅相成，密不可分。"最懂酒"的当属绿竹翁和祖千秋；"最能喝"的，提名乔帮主和司徒千钟；兼具"懂酒"和"能喝"的要数令狐冲。他们个个酒量惊人，武功更是了不得。而当年武松在景阳冈上打死猛虎，也是豪饮十八碗好酒之后的事情。也许没有这顿酒，武松就是有再好的武功也使不出来。

我们期待阿公再喝两碗，微醺之际便可大展身手，让我们见识一些真功夫。而他似乎看透我们的心思，端了碗让我们挨个闻，嘿嘿笑着说："果汁呢！果汁呢！"仿佛因为骗过了我们而十分得意。我们也笑了，能将果汁喝到这份上，也是绝了。

我们与阿公聊起习武之事，他用生硬的普通话回复我们，一时说得颇有些艰难，有如嘴里被塞了大个儿的东西。有时转不了弯，就夹杂当地方言，怪语怪味的，像咿呀学语的稚儿。有时张了半天嘴也没找到合适的词语，就手舞足蹈地比画，有时又突然想到什么，表达却跟不上，就用哈哈大笑来填充。我们看得欢乐，跟着一起笑。他见我们笑，又跟着笑。他老伴过来，看着我们一群人傻笑，也乐得不行。

老伴表达更流利些，虽也说"榉溪普通话"，但说话顺畅，声音响亮，我们听得明白。她颇有几分自豪："他年轻时力气很好的。当时，高姥山造娘娘庙，大家有钱出钱，有力出力，所有水泥石灰等材料都是从榉溪抬上去的……"

阿婆没说完，万道公就恍然明白似的，抢过话题说下去："当时我们抬水泥，两两搭配一组抬一包，轮到我的时候，只剩下我一人了。那没办法了，我拿起两袋水泥，往胳膊下一夹上山去了。前面的人抬到半路坐着休息，我不休息，夹着两包水泥经过他们身边继续往上走。他们直盯着我看……"说着，又开始笑，眼睛眯成一条缝，有一点得意。我仿佛看见那场景。抬水泥的在前面走，夹水泥的在后面追。抬水泥的歇在路边，喘着粗气用草帽呼

如
在

啦呼啦地扇风。夹水泥的像一阵风经过他们身旁,噌噌噌地往山上去了。抬水泥的看得眼神发愣。

"他力气很好的,一口气可以到山顶……"老伴又抢着说。这里的力气好是真好,我不知该用什么词来形容,反正十分佩服。前些时间,我们也走过桂川古道,路又高又长且陡,一趟来回花了一天工夫,且筋疲力尽,几日都恢复不了元气。而在万道公眼里,那是多么小的事,若不是老伴提醒,甚至还不值一提。

万道公说这些都是常年习武带给他的。他甚至给我们示范起几个动作。他拉过身旁后生的一只手揪住他的衣领,伸出右手抓住那只手,那手一时动弹不得,又将左手掌朝着被拉直的手臂直打过来,一时听见一个声音"啊呦"一声喊了出来。万道公松了手,那后生的手慌忙抽回揉捏起来,怕是被弄疼了。若不是万道公手下留情,这手怕是要废了。后生双手抱拳,直道:"晚辈佩服,佩服!"

"他还救过五条命!"老伴又起了个头,"他会挑痧,把五个死过去的人救了回来。"我们来了劲,万道公也来了劲,手舞足蹈地聊说当年。

有一个晚上,万道公睡下了,听到急促的敲门声,说有人不行了。万道公赶了过去,只见大家哭的哭,闹的闹,已经乱成一团了。卫生院的医生已经看过,表示人没救了。万道公拿出一枚绣花针,对着躺着的人大拇指边上的穴位深深扎下去,针拔出来,带出长长的黏液,一时他心里有了底,说:"还有救!"于是,对着那人身上的几个穴位开始施救。不多久,躺着的人一个激灵,唰的一下坐了起来,吓得满屋的人呀呀乱叫。大家都不敢相信"死去"的人又活了,悲喜交加。万道公默默回到家里,继续睡觉,却一连好几天都没吃下饭。原来,他也被吓着了。

常言道:"救人一命,胜造七级浮屠。"万道公一生救了五条命,不知积累下多少功德。但他全然没想过这些,自小习武,不为纵横江湖,只是强身健体,偶尔救人性命,从这一点来看,实在令人充满敬意。

如

在

老头孔品玉

　　喊他老头并无半点不敬,而是他真诚又有趣,忍不住这样喊他。在中国汉语微妙的语感中,我觉得"老头"比"老人"更亲近。"老人"带着一点官方,有拒人千里之味。"老头"多么家常,沾着那么一点"亲"和"故",就像喊了邻家爷爷,或者自家亲人。

　　一个无所事事的下午,我把时间打发在桦溪的一个小院里。我坐在阶沿看雨,旁边还有两个妇女在择菜。她们慢条斯理地将番薯梗上的茎丝抽去,已经择好一大把,放在一旁的竹篮里。这是晚上的一道菜,曾经用来喂猪的番薯梗,现在成为饭桌上的美味佳肴。我们有一搭没一搭地说话,大家各怀心事,仿佛三个没有主题的话题。

　　一个老头哈哈笑着过来了。头发半秃,余下的花白,浅蓝色 T 恤,同色裤子,一双凉拖,踢踢踏踏地走过来,拍打出一阵声响,一下子把我们的思绪集中起来。我不常来,没见过他,有点陌生。可其他两个妇女明显很熟,乡里乡亲的,随便捡个话题就聊起来。比如天气,比如从前的故事,还有面前的那个老子像。

他说:"老子是孔子的老师吗?"

一个深山里的老头竟然认识老子,还想探究老子与他的老祖宗孔子之间的关系。我一下子乐了,想赞美他具有活到老学到老的探究精神。可他摆摆手,十分洒脱的样子。

老头很能侃,见着谁都有话说,声音洪亮。我以为他最多不过七十岁。可他说已经八十六岁。没想到他已这样大岁数,我不禁啧啧称赞起来。而他并不引以为豪:"我隔壁那个(大爷)才厉害,一百零二岁了,背挺得笔直,走路带风。"他突然比试起他的背来,"瞧我,背都弯了……"他说的"厉害",应该就是健康长寿。农村里住着的老人们也盛行一种攀比,谁健康长寿谁就"厉害"。不像我们,平日比的都是年轻,看谁走过岁月不留痕迹,五六十岁的明星活成二十多的少女,那才是上头条的新闻。而这里不一样,村子里老人之间似乎都有一个不成文的衡量标准,他们在私下里暗暗较劲。比如旁边走过来刨着土豆皮的婆婆,说话就明显没那么足的底气。她带了一脸难为情,声音低低地说:"我才七十多岁,身子也不是很好……"

老头说这三年老要头晕,去医院却查不出问题。我说估计是因为劳累,劝多他休息。他马上反对,说还是要多干点活,老躺着要躺坏的,比如村口的某某都已经躺中风了。他还说,医生建议他每天走三千步。每个傍晚,他都出去走了,走一百步,往口袋里放一根小柴棍,再走一百步,再放一根。一条街走到头,口袋里有了十二根,表示已经走了一千二百步了。然后往回走,用同样的方法计数,但回来时同一段路,小柴棍却有了十四根。于是,他也搞不清楚是步数多了还是少了。

在很久很久以前,我们也是这样计数的。但现在我们有"微信运动",数数怕是生疏了。

老头还示范起走路姿势,一开始背着手走,像个官老爷。而后马上摇头说:"这样不对,手脚都要甩起来,大摇大摆地走。"而后便两步并成一步,手甩到与肩膀齐高,来来回回地走,像个调皮的小孩。我们忍不住哈哈大笑,他也跟着笑。

他叫孔品玉,住榉溪村 299 号。大家都说他可以活到一百多岁。

辑
一

一万先生

　　迟迟未写一万先生，大概是了解不多，但比起其他人来，又算了解多一些了。认识一个人，了解过多或过少，都不利于描写。粗浅时，不知该说些什么，深交时，同样不知该说些什么。但又不能不写。每次到达榉溪，大家就会问："写一万了吗?"被问多次后，觉得一万是个举足轻重的人物，也就更认真地留意一些，渐渐发现此人果真令人佩服。他身上有许多值得学习的东西，颇吻合"达者为先，师者之意"。于是，我喊他"一万先生"。

　　一万不是真名，我也曾猜测名字的由来。以为他麻将打得好，也曾模拟过那画面——一万先生伸手甩出一张牌，念一声"一万"，而后将面前的牌一推，口中悠悠长长地吐出一字："胡!"其他人已是目瞪口呆，自叹手艺不济。或者是为人温顺，大家都不怕他，因为俗语说："不怕一万，只怕万一。"但实际上他不会打麻将，并且性子温和，不存在惧怕与否之说。

　　后来和一万先生聊天，他爽快而真诚，知无不言。一万先生，祥字辈，系孔氏第七十五代传人。上边有两个姐

如
在

姐,当年计划生育他属超生对象,被罚款一万一。于是,大家就"一万""一万"地叫开了。也许是高兴孔家又多了一个男孩,也许是觉得好玩,也许含有某种嘲讽的意味,也许在那个年代"一万"不是个小数目,喊其"一万"显得金贵,又也许什么都不是,只是叫起来顺口。小时候,一万先生不喜欢大家这么叫,总觉得怪怪的,似乎含有某种特殊的意味。但叫着叫着就长大了,长大也就习惯了。他又谈及这名字警醒着他不忘来处,常念父母养育之恩,反而喜欢上了。现在大家仍叫他"一万",他响亮地应一声:"哎!"

一万先生是个"九零后",大学毕业之后回到村里,从事孔氏家庙的解说与保护。年轻人大学毕业后回村里工作是个新鲜事,当时还引起过不小的轰动,媒体上也有过一些报道。一开始总有一些异样的眼光和说辞,以为没本事才回到村里,有本事的都在外闯荡江湖,"好男儿志在四方"讲的就是这个理,当然这里的"四方"不包括生养的故乡。中国人的骨子里有一种"少小离家老大回"的思想,觉得如此才合乎情理。

之前几年,由于工作关系常去樨溪。一万先生常等在家庙门口,带我们看他生长的村庄。他带着我们走过孔氏家庙,走过杏坛书院,走过九思堂,来到千年桧树下。

他告诉我们他的来处,事事物物的来处。一根梁、几个础石、一座戏台、一堵石墙、一条深巷、几座山,都有属于自己的来龙去脉。他待它们如知己,爱护又敬重。我们也在日渐加深的熟悉中,对眼前这个传统古村落敬意满怀。这敬意一部分来自村子本身给予我们的安宁和感动,更多的是一万先生引领我们认识的。并且,他善于走进我们内心,唤醒内心深处沉睡的一些情感,比如远去的故乡、远去的古村落、远去的乡土文明。在他反复的介绍中,我们一点一点地向樟溪靠拢。

但我们之间仍算不上熟悉。有一回,我带朋友去樟溪。我们一起来到九思堂——一万先生的居所。他十分客气地领着我们参观。我们见室内布置温馨别致,老电视机、旧粮仓、门板稍经改造成为很好的用物,十分文艺。我们都喜欢极了这样的布置,便想多留一会儿。一万先生留我们喝茶,大概是上好的红茶,温润如君子。就这样,一个下午在闲聊和欢乐中过去。也是从那个下午开始,我们一下子熟悉起来。待到告别,说出的感谢与再见颇有些调皮,而他带点儿老成地说:"欢迎下次再来。"后来,我们在隔壁大皿村办读书会,一万先生也来参加,我们畅谈读书体验。忘了他具体说了什么,只记得他颇有见地。那天的读书会主题是"有趣的灵魂万里挑一",我觉得他有着有趣的灵魂。

后来，再去榉溪，觉得见面的次数陡然变多了，几乎哪儿都可遇见。大凡熟悉起来的人会更留意几分，或者他活跃在村子的每个角落。我们像老朋友，有话说话，或者打个招呼便各忙各的。也常看见他给人讲解，他越来越从容老练，像讲自己的故事，实际上也是讲自己的故事，带有某种特殊的情感：一些敬重、一些自豪，还有一些与人分享的急切。终于，越来越多的人认识了榉溪，越来越多的人被它特殊的气质吸引，反复来去探寻关于古村的秘密。由此，我渐渐明白他不顾一切留守古村的原因，大概是"对这片土地爱得深沉"吧。

听说我写榉溪，他细细地读了我写的文章，对其中一些细节上的错误很细心地指出来。我明白他对榉溪的认真。他深入榉溪内部纹理，多方考证，了解细枝末节。又发来许多照片，说可以"放进那些文章里"。照片涉及榉溪的四季更替，晴雨霜雪，晨昏暗影。他将寻常日子拍摄得很不寻常，颇有韵味。空旷的院子、悠长的小巷、落日的余晖、陈旧的物什，它们安安静静地待在照片里，待在古村里。是它们带给古村安静的气质，还是古村给予它们安静的灵魂，一时分不清楚，但一万先生用摄影的方式诠释了古村的安静，弥足珍贵。有一张照片令人印象深

辑
一

刻，一群老头子，大概十多个，身着藏青色的老衣裳，齐刷刷地坐在九思堂的门槛上，眼神一起朝向前面走动的一个阿婆，她似乎正要开始"指手画脚"。也许是在开大会，但也许老人的和老村的时间都过于悠长，大家伙坐在一起打发过去。也许正好聊到一个有趣的话题，比如当年村里的"小芳"，婆婆立刻抓住了话语权，左右所有人的注意力。若是换一个人群，比如孩子们排排坐着，会以为在上一堂别开生面的课。这样的瞬间十分珍贵，我心里头很是触动，看了很久。那种安宁而祥和的氛围儿时常见，但终究是太久远的事情了。时间的大手像翻书一样将那一页永远地翻了过去，一时诸多感慨。也只有一万先生，一年年地陪伴在榉溪左右，能捕捉到这些朴素而日常的美好与幸福。这样的陪伴很寻常，陪伴生养之地本就天经地义，但又很伟大，是一件了不起的大事。成大事者，需赢得天时、地利以及人和，而对一万先生来说，万事俱备，他便日复一日地做好守护古村落这件人生头一等的大事。这件大事是榉溪的大事，是我们的大事，也是千千万万中国人的大事。我觉得这样的人生值得。当然，我也很感激，那些为榉溪而作的苍白文字，终于可以增添诸多颜色，也许可以"活色生香"了。

如

在

晒在榉溪的生活

1

卢老师说：中国传统村落的生活里少不了晒。

这个春天在榉溪走，确实随处可见晒着的许多东西。腊肉、萝卜皮、笋干、被子、衣物，桥栏边、屋檐下、窗台上、院子里、马路旁，到处晒着这个春天的果实，甚至在孔端躬墓旁的空地上也晒满了笋干，有些晒在竹篱上，有些直接晒在地上，仿佛这儿原本就是晒场。其他日子村民们还晒棉被、大豆、玉米、花生……"晒"如一种庞大的势力，蔓延村庄的每一个角落。

从中国的传统观念来看，墓室多是神圣之地，侵犯不得，何况是孔端躬之墓。从某种意义上说，孔端躬是这里的先祖。他系孔子第四十八代后裔，自幼聪颖好学，登进士第，南宋初年宣和三年（1121）授承事郎，任大理寺评事。金兵入侵中原后，宋高宗带领满朝文武官员南迁，孔端躬和兄长孔端友带领族人分头渡江南下。后孔端友携孔子夫妇木像到达衢州，并定居下来。孔端躬经台州章安镇赶往衢州会合,途经桦溪村时,父亲孔若钧不堪长途跋涉而身患重疾一病不起。从此,因为种种原因,孔端躬便在桦溪永远地扎下根来。至今已有八百多年。

　　本该是庄重肃穆之地,与晒东西多少有些不协调,或者说多少有些不敬。但实际上,换一个角度来看,即使中国敬畏神灵的思想同样在桦溪这片土地上盛行,他们却并不惧怕因此得罪了高高在上的神灵。或者,这只是敬的另一种表达。他们眼里,这位八百多年前来此安居的先祖是最值得信任的神灵,他们之间没有疏离,没有隔阂,一代又一代的孔氏后人用此种方式靠近他,爱戴他,让他时时看见这烟火人间的幸福。

　　阳光极好,从天空洒下来晒在棉被上,棉花开始舒展身姿,那是母亲为回家的子女精心准备的"礼物",儿时的床铺上整洁的床单和晒了一整天的棉被,钻进被窝能闻到阳光的味道。那个美好的夜晚,一桌丰盛的团圆饭仍是记忆中母亲的味道,陪父亲喝个酒,微醺之际父亲开始遥想当年,孩子们仿佛看见了村口大树下、小溪池塘边、墙根小巷旁、田野山林中,真正快乐的童年。外婆喜欢不停地晒,笋干、柿饼、土豆片、番薯干、萝卜干,仅剩的几颗残牙已无法咬动这些被阳光抽光水分的干货,却仍然一年四季按照时令精心伺候,那是她带给城里工作的外孙、

如

在

外孙女的"山珍",常常一带一大包,在城里工作的外孙外孙女总是忘了做饭,偶尔看见柜子里的干货,把它们分享给同事朋友,在他们"你真幸福"的羡慕声中,想起外婆亲切的笑容。爷爷不顾自己年迈,总要挑选好的沙地,郑重地种下花生,而后施肥除草,开花结果,收成,等秋日的太阳晒干,儿孙回家看望他时,便每人一包给带走。爷爷说城里的花生不如沙地上种出来的味道好。老人挂念孩子的路总那样长,那些"晒"是挂念的另一种表达。

卢老师说,他看见过一个特别美的镜头:一位老奶奶从山间回来,站在桥头往口袋里掏,从左边兜里掏出几颗板栗小心翼翼地放在窄窄的栏杆石上,又从右边兜里掏出几颗,掏完了便翻出口袋抖掉里面的灰尘,而后拍拍手心满意足地回家去。阳光下,栏杆石上的板栗闪闪发光。

岁月如水,冷暖自知。我们人人织就一个坚硬的外壳,感动不再是常有之事。而此刻,这些晒在阳光下的图景,构成乡村最温暖的画面,我们异常贴近这片古老的土地和最真诚的生活,差一点泪流满面。

2

这位被大家尊称为"卢老师"的人名为卢震。浙江临海人,毕业于浙江中医学院(现为浙江中医药大学),后相继在台州卫校和台州学院任教十多年，九年前辞职出家，三年后(2012)离开寺庙隐居山中至今，参与创建合肥秋浦书院、天台龙溪书院和樟溪杏坛书院，一直在创建独立书院的道路上苦苦求索……光看这些简历便知他的与众不同，对我或者对许多人来说，他恍若另一个世界中的人，带有一些神秘感、一些疏离感。好多时候我们都带了一种世俗的眼光看他，似乎不敢靠得太近。

　　第一次见卢老师是在去年春天。那时候他尚未在樟溪住下，只是有创办书院的意向，在找寻合适场地。人多，匆忙，也离得远，虽未曾跟他有过交流，但留下的印象却颇为深刻。卢老师长发长髯，对襟盘扣布衣，束口长裤布鞋，一副出世的打扮。后来，他在孔氏家庙边三合院中设立杏坛书院，每月一期开设课程，听很多朋友说课很不错，却由于种种原因未曾亲历。偶尔去杏坛书院，原本空荡荡的院子一日日地丰满精致起来，从零件摆设到墙体装饰，再到不断增添的花花草草以及角落里躺着的阿尔法和它刚产下的七只小狗。它们或安静，或活泼，或有趣地占据小院的一席之地，不经意中增添了许多生气。

　　书院给每一位来客带来的惊喜与日俱增，除了可以看出主人的良苦用心外，也三番五次地打动着我们的内心。我们都喜欢随处走走看看，站一会儿，或坐一会儿。

偶尔会发呆,陷入某些久远的思绪里,仿佛穿越到遥远的过往,无力自拔。天上的云朵走一会儿歇一会儿,逍遥自在。墙角的石榴树看起来很别致,一如既往地抽枝展叶,努力爬上墙头四处张望。阳光在纹理清晰的木质门板上悄悄游离。还有墙上挂着名为"柿柿如意"的组图,散发着去年秋日阳光的味道。这些去年秋天晒在阳光里的柿子泛着金黄色的光,是镶嵌在桦溪各个角落的丰收图景,它们那么真实地呈现在眼前,仿佛在告诉我们:这就是生活,最真实的生活。然而,不知为何,世界莫名其妙地不真实起来。

讲过的课程留在书院里,卢老师用毛笔宣纸记录着它们。它们齐齐整整地待在木板墙上,仿佛传递一种古老而神秘的气息。第一期读书会:书院的意义和责任在当代;第二期:灵魂不能下跪,文化的根在民间;第三期:透过和顺看桦溪,有文化的地方最美丽……直到第八期,一个主题一个主题地看过去,每一期都深深地打动着我,而从四面八方赶来听课的朋友们,也曾告诉我,听课的队伍越来越庞大。那些天色晴好的夜晚,小小的讲坛一直到天井里都挤满了人。书院橘黄色的灯光不知温润了多少无可安放的灵魂。

其实,在之前,桦溪便有杏坛书院,过去这里叫玉书堂、文武堂或杏坛书塾。当年孔端躬安顿下来之后，日日伴着燕山桂水，山风鸟鸣，心境慢慢澄明。他逐渐看透朝野纷争、官场得失，决意归隐田园，过与世无争的清闲日子。而后他又忙碌起来，创办书院，传播儒学，教化乡民。某些晴好的日子，槠溪上空总是飘荡着"吾日三省吾身""君子务本，本立而道生""一箪食，一瓢饮，在陋巷，人不堪其忧，回也不改其乐"等古老话语，或自勉，或共勉，就这样如星火慢慢燎原。从此好学之风一直流传，孔挺创办杏坛书院，槠溪代有人才出，每户人家门前设有纸袅，至今村里还有老人能画出它的形状。

我常常觉得眼前的这座书院，是八百多年以后这块神奇的土地上以另一种方式成长起来的文化，它为这片古老的土地注入新的血液和活力，不断有人来讲课、研学、传道，与当年那么相似。而我常与这些故事擦肩而过，也曾因此耿耿于怀。

那日与一群文友来到书院，意外发现卢老师也在。前几次来，都是未曾遇见，他都在别处讲学。冒昧地打了招呼，借了书院开会。卢老师十分爽快地答应。而后，由于大家都对书院及主人十分感兴趣，于是又前去商量可否给我们随意讲点什么。没想到卢老师又是一口答应下来。他拿来投影，很认真地给我们讲《献给阮义忠先生》。

他讲述来樟溪的原因,讲述他的故乡、儿时的故事,讲述中国人骨子里的乡愁。他将我们带入了某种情绪里,时间就在我们的笑声以及若有所思中迅速走过。太阳偏移,一晃一个上午就在书院中过去了。

现在回想起来,那是我人生当中少有的充实而满足的上午。

3

卢老师给我们拿来一把土香,说是他布置给弟子方山的一个作业。淡黄色的粉末粘在一根细细的竹签上,拿起放下的瞬间窸窸窣窣落下一些粉末来。深闻一口,淡淡的清香沁人心脾,再闻,余味悠长。土香主原料为山间一种名为香柴的叶子,另辅以柏木屑、茯苓木。我认得香柴,早春便开黄色小花,后结青色果子,连同枝枝干干都散发浓郁的香味。小时候偶尔折了玩,却往往因为气味过于浓郁而丢弃。书院走廊的竹竿上晾着一些青黑色的枝条,那是制香后余下的。我不知道那些树叶是如何变成眼前这一根根细细长长的土香的,一定煞费心力和精力。但村里的婆婆都会做。

香不贵,几元钱便可买到一大把。村里的婆婆说,买来的香不好,点了眼睛难受,烧买来的香给菩萨,菩萨的眼睛一定也难受。于是她们都自己做香。

方山跟了一个从隔壁村嫁过来的婆婆做香。婆婆名叫羊仙娟，从四十八岁开始年年做香，今年已经八十五岁了。婆婆告诉方山：看天做香。选择好天气采摘香柴叶，晒上四个艳阳天，待叶子干透时用手大体搓碎，放入捣臼中捣碎，后将捣碎后的香柴叶粉末与柏木屑以1：3的比例加水搅拌均匀，放置一个晚上。第二天早上，准备好竹签放于操作台上制作，最后将捣碎后的茯苓粉搓揉上去。晒上两个好天气就做成了。

这是方山告诉我的一个简化了的制作过程，里面的很多细节都没有展开。这样古老的手作以这样口耳相传的方式被留存下来，婆婆是她的婆婆教的，她又教给了很多人，本村的、外村的、好朋友、偶然遇见的，还有方山。他们都学会了，而后教给了更多的人。婆婆用"看天做香"四个字概括了整个手工过程的精髓，那是她用一生的修为换来的"大道理"。而方山告诉我"要花时间""要会等待"。粗粗一算，做香的整个过程最快也需要七个大好天气。这个过程实在有些长，大部分人都嫌麻烦，"时间""等待"成了我们最不愿意付出的东西。可是在这个古老的村落里，或者在磐安的乡间以这样的方式得以保留，不是说他们真的闲着无所事事，而是出于一种内心深处的

如
在

真实需要,一种尊重内心的自我要求。

卢老师给我们看了一幅照片:四位女子在尽情跳舞。这里说的"尽情"也许不能准确表达,应该是"忘情",忘了自己,忘了他人,忘了世界,只剩下舞蹈,舞蹈,舞蹈。从着装或表情上来看,应该是祭祀前的舞蹈,照片上只有四位女子,但从纵深效果分析应该还有很多,而她们在此时代表了全部,是所有舞者的缩影。是什么力量让她们如此投入?卢老师把此概括为:信仰的力量得以慰藉灵魂。

信仰是个神奇的东西。小时候每逢七月七,村里的善男信女爬几十里山路去敕峰尖,而后一整个夜晚诵经祈福,乐此不疲。去年去了甘南,那些皮肤黝黑的朝拜者,身着长袍,转山转水转佛塔,三步一叩,五体投地。他们的目光深邃辽远,恍然超脱世外。而榉溪人敬奉的是他们遥远的先祖,这位诞生于两千五百多年前的孔圣人,成了他们心目中最尊贵的神灵。他们秉承古老的传统,按照古老的礼数,每年举办隆重的祭孔大典,因为他们的信念如家庙内高悬的牌匾上写的"如在"一样——"祭神,如神在"。

离开时,随行的一位女士要了一把土香。众人嘻嘻哈哈地想分得一支。不为焚香礼佛,而是在点燃袅袅清香时候,或许能明白什么。

4

　　算是偷得半日闲吧。春暖花开的时节,我们从忙碌而拥挤的小县城来,车子一路开,一路将某些情绪往身后抛。不算长的一段距离把一种生活和另一种生活拉开,把我们暂时带入安静和安逸里。到达这个几十公里外的小山村时,时间恍然慢了下来。它以近千年来几乎一成不变的姿态接纳我们。古树老宅,巷陌深院,人们怡然,过着"闲适"的生活。我看见一些妇女到溪边洗衣,洗完了也不急着回家,扯开嗓门聊起天来,聊自家男人孩子公婆,也聊乡村轶事,偶尔关心一下国家大事。待午饭时间将近才搓把手端起盆子回家做饭去。许多老人静静地坐在自家屋檐下,一坐就是一个上午,什么也不干。旁边趴着的黄狗,偶尔起身走两步,懒了又趴回去。从某种意义上讲,闲适的生活应该是人类生存史上最为理想的图景了。然而现实告诉我们,能给人这样散淡和无所用心生活的地方已经越来越难找了。

　　春天的阳光特别温暖。万物在阳光中生长,水汽在摊了一地的笋干上方蒸腾,笋干开始缩小,皱成小小的一团,估计再晒上几个日子便可以收入囊中,托人捎给在外的亲人。这是今年的新笋干。在乡间,有了新收成总要

如
在

让大家尝个鲜。

而我们也安静下来，暂时以一颗果实的姿态将自己晾晒在榉溪的光阴里。我们在杏坛书院谈天说地，在孔氏家庙追宗溯祖，也在门堂陌巷找寻日常烟火。偶尔发呆，偶尔思考，也倾诉近日来的烦恼和失去，却不再有颓废之气了。

卢老师和我们谈了很多，谈他在这个陌生亦熟悉的地方寻找到的一种感觉。他常常由榉溪温暖的日色生发联想，回忆并不遥远的故乡、祖辈父辈、兄弟姐妹，以及故土上生长的故事，仿佛站在一个遥远的地方眺望来处，有种旁观者清的冷静和觉悟。曾经的荒唐可笑、意气风发、甜蜜美好，都在这样的环境中还原成一幅幅明朗的图景，在眼前鲜活。又似在这个古老的村落里重遇了故乡的感觉，那是一种被温暖层层包围的幸福。卢老师说，过年时来了朋友，一起被拉去吃年夜饭，有种强行的味道，村民的热情让人无力推辞又满怀感动。一顿年夜饭吃冷了再热，吃完了再做，直到新年钟声响起。在这里尚且流行"有朋自远方来，不亦乐乎""除夕夜坐长夜"等一些古老传统，村民用这样的方式招待远方宾朋，或者他们早已将这些异乡来客视为亲人。而卢老师能这样在一个故乡之外的地方一直住下去，一定自有原因。正如当年孔端躬

辑
一

背井离乡,跋山涉水,一路南下,却意外与这地方结缘,暂时栽种于村口的桧树生根发芽,他发出感叹:"此乃天意也!"天意就是不违背初衷……"桧苗何处生根,何处安家。"如今桧树开枝散叶,长成一个村庄的标志。每个来到这里的人都要以仰望的姿态膜拜它的挺拔与伟岸,对它在近千年光阴里的沉浮遐想万遍。而它渐渐成为村民的守护神,多少人有了困惑都来对它诉说,寻求它的帮助。烧了香磕了头贴了对子,心愿也就结了。

一个能给人温暖的地方是可以托付终身的,也许卢老师会一直住下去。显然,在中国广袤的大地上,在每个中国人潜意识里都认同:此心安处是吾乡。

如

在

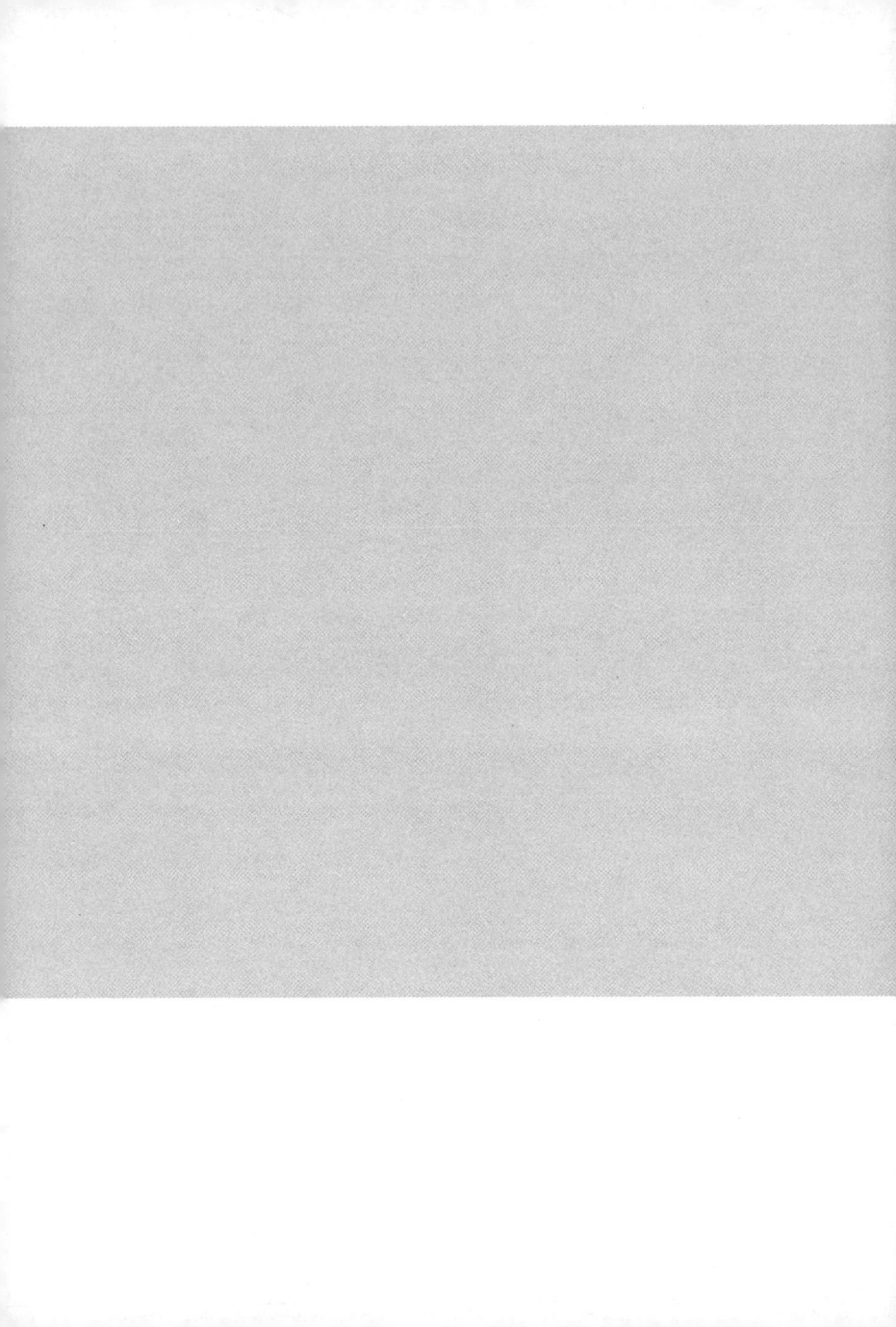

辑二

立　春

结束,同时也是开始。

立春这一天,沉闷的冬天结束,活泼泼的春天开始了。

人们用了一整个冬天盼望春天。立冬、小雪、大雪、冬至、小寒、大寒,这些名字念起来寒意料峭的日子,令人生畏。人们捂起耳朵,缩紧脖子,跺着脚,掰着指头数日子,甚至像候鸟迁徙到温暖的南方。他们在那里搭建一个"小窝",摆脱故乡的严寒,等待春回大地才又像鸟儿一样飞回来。等待是漫长的,到来却也是迅速的。当你等到失去耐心,甚至将漫长的等待置于一边不闻不问,时间就悄无声息地滑过去了。突然间,温暖的日子就在眼前招手。我们感慨崭新的日子,也转过身去对曾经的等待满怀感激。那些寒冷的日子仿佛春天到来之前埋下的伏笔,在立春这一天化作蓬勃的力量。于是,春阳暖和,春水高涨,柳枝早已抽出嫩芽,鸟儿用清脆嘹亮的歌声述说春日来临的喜悦,我们走出家门,探望欣欣然的山野。

立春,又名正月节、岁节、改岁、岁旦等,为二十四节

辑
二

气之首，是干支历的岁始，代表万物起始、一切更生之义。老人说，立春这一天要吃一些春天的新鲜蔬菜，青青绿绿的，既为防病，又有迎接新春的意味。于是，立春的早晨会有一顿丰盛的早饭。一般吃个长寿面，面条长长，寓意长长久久。面条里有煎得喷香的火腿肉、金黄的荷包蛋、油绿绿的青菜、雪白的粉丝，再加上几条年糕，寓意步步高升，年年高升，又撒上葱花，色香味俱全。在立春的早晨，吃一碗这样的面，肠胃以及一整颗心得到满足，情绪愉悦。在这样的愉悦中，开启美好的一年，一年之计就这样在从美好春天开始了。而这个习俗大概就是民间讲究的"咬春"。

"咬春"的风俗各地不尽相同，有的地方要买个萝卜来吃，因为萝卜味辣，取古人"咬得草根断，则百事可做"之意。老北京人讲究时令吃食，立春这天要吃春饼。唐《四时宝镜》记载："立春，食芦、春饼、生菜，号'菜盘'。"可见唐代人已经开始吃春饼、试春盘了。清人专有《咬春诗》："暖律潜催腊底春，登筵生菜记芳辰；灵根属土含冰脆，细缕堆盘切玉匀。佐酒暗香生匕笑，加餐清响动牙唇；帝城节物乡园味，取次关心白发新。""咬春"的风俗流传已久，一个"咬"字，是心情，更是心底埋下了吃苦的一种韧劲儿，是中国人特有的一种风俗。

如

在

"咬春"的风俗各地虽不尽相同,却都是在吃食上下足了功夫。在中国,许多其他节气也是极其讲究吃食的,比如元宵吃汤圆,清明做清明粿,端午节包粽子,七月半蒸千层糕,冬至包饺子……所有的节日都在"吃"字上费心费力,似乎吃好了,节日便过好了。而当我们一个节气一个节气地吃过了各色美食,一年二十四个节气也就过去了。等到再次"咬春",又是崭新的一年了,果真应了"民以食为天"这一句。

老人还说,立春很大,是个大日子。这里的"很大",应该理解为很重要,具有特殊意义。对于重要的日子,人们会用特殊的方式来庆祝,以便讨个好彩头。于是,重大的拜神祭祖、祈岁纳福、驱邪禳灾、除旧布新、迎新春等庆典都会安排在这一天及前后时段举行。

立春来到书院,听说方山要用草木之烟熏整个书院。我觉得很有趣。这大概是临海传过来的习俗,当地叫作"棍春":用干燥的樟树木片点燃后,烟熏所有房间,以求荡秽祈福。这个风俗在临海很普遍,据说台州城隍庙里那棵空心的千年隋樟,枯死一段时间后,被附近百姓一点点劈走拿回家"棍春"去了,现在就剩下五分之一的树皮和一枝郁郁葱葱的枝干。但在磐安乡间我还是头一回见,也难怪,民间本就"十里不同风"。

我们去桂川古道旁的山谷中折树枝。山谷中已是一派春意——贝母抽芽,杜鹃含苞,而一些喊不出名的树,枝头早已开满花朵。我们采来柏树枝、桂花枝、松树枝,替代樟树木片,又置入一个铁桶内点上火。有轻微的噼啪声响起,但不见火光,新鲜的湿气遏制了火苗,一时冒出大量浓烟,烟雾中散发着松木的清香。方山和黄药师抬着铁桶绕着书院走动,先是天井,而后櫸溪图文展室、书屋、三友室、汉声室……她们一个屋一个屋地走过去,身后跟着一股子浓烟,仿佛翘起一条柔软的尾巴。有时有风经过,浓烟便跑到她们前头,反过来熏了她们一身。她们有时被熏得泪流满面,却仍不忘乐呵呵地说些美好的祝福。而当她们走过,一整个屋子便烟雾缭绕了,事事物物泡在这样的朦胧中,别有一番趣味。我在心里说:所有的,都实现了吧,我们是这样虔诚! 忽又想起小时立春之日,父亲要择取时辰燃放爆竹,村里其他人家也是如此,此起彼伏的鞭炮声所蕴含的美好,也许和这一院子的浓烟怀揣的是同一种的期盼了。

　　除了立春,其他日子也有许多习俗,并无成文的规则,大都是一代传一代。小时见过大人祭祖、谢佛、点河灯、迎胡公、登高等活动,也曾参与其中,大都是听从父母

如

在

或者爷爷奶奶的安排，听见他们说："拜一拜，保佑你们学习进步！"又说："再拜一拜，保佑身体健康！"我们顺从地朝着高远的天空拜了一次又一次。这时间，即使是最顽皮的孩童也会安静下来，双手合十，无比虔诚地祈求各方神明的保佑。除了大人替我们祈求的，我们还会在私下里悄悄许下一些心愿，比如得到一个好玩具，捡到几块钱，遇上一个好老师，逢年过节有新衣服，有数不尽的吃食，或者一整年都不要打架，若是非打不可就都要赢。在大人絮絮叨叨的空间，我们会一直盘算小心思，快速地诉说心中的愿望。我们诧异远在天上的神明要满足天下那么多人那么多的愿望，他们是否应付得过来？那些愿望是否按其大小排好队？我们的小愿望能否被清晰记得？但透过摆得满当当的祭品，我们觉得愿望一定能实现——既然他们收下那么多的祭品，事情当然也会帮忙办理的。

也许在很早以前，每一个特殊的日子都有一套属于自己的仪式，人们郑重其事地供奉神明，也表达朴素的愿望，而后用一整年的时间耐心等待。结果也许会实现，也许不会，但不要紧，等过就值得了。在民俗流传的过程中，也许丢掉了一些，改变了一些，留下了一些，但眼前这些仍然进行着的仪式，让我们如此认真而努力地活着。

春到榫溪

　　村子南边的地里贝母青翠，一畦畦齐刷刷地往上长，欣欣向荣的景象。枝丫间鼓起好多小芽苞，像举着一个又一个青色的小拳头。天气回暖，"小拳头"慢慢长大，慢慢长大。风和日丽的一天，"啪"的一声，"小拳头"打开，仿佛撑开一个小喇叭。仿佛开了一个好头，自此开始，小喇叭一个接一个地撑开。"小喇叭"吹起来，倒垂下来，仿佛许多高高悬着的风铃，我们总怕有风经过，风铃会"叮叮当当"地吵闹起来。可它们又是安静的，就算我们俯下身来，忍不住伸手摇一摇那些铃铛，或者摘下一两个别于发间，它们仍然是默默的，带着新生的嫩草的颜色，散发着青草的气息。嫩绿的花瓣上，一些曲曲折折的纹路清晰可辨，沿着这些纹路，汁液涌动。而我们的心意，就在这一刻如青草般葱茏起来。站远一些看，觉得这些挨挨挤挤的贝母花就是一盏盏灯，如果一盏灯代表一家灯火，那么这里便是没日没夜地亮起万家灯火。一时间，人间烟火味蔓延开来。

　　贝母是一家人的"口粮"，一年到头的经济来源基本指望这里。之前的许多时光,这些肥沃的土地种水稻、玉米、大豆,也许还种过大麦、番薯、土豆。现在,这些农作物基本退出舞台,不知何时换上了贝母、元胡、白术等中药材,一年又一年耕种,一年又一年收获。他们下了认真功夫,将田地一垄一垄耕作齐整,堆上足够的肥料,铺上草木枝叶,贝母长得欢天喜地。我喜欢这样的齐整有序,农田里的粗活也是如此精致,仿佛看见主人家凡事认真的人生态度,若是将这些田地划归公园,无疑会成为一处不错的风景。

贝母地之上,是一块显眼的花田。田里种满茶花。正是它们的好时节,火红的茶花热热闹闹地开了,炫耀似的,阔大的叶子也掩盖不住,明晃晃的红从绿叶间蹿出来。就这样,红绿相间的一块花布织成了。绿色是田野的主打色,其他的乡村颜色都是素素的,土黄、石灰、青褐,显得十分低调。而这样大面积的红有些张扬,似乎不那么协调,但是好看。乡村有自己的美学,没有标准,却总能恰到好处地制造一些美物,比如墙角的芭蕉、窗前的石榴、院子里的牡丹、门堂里的小池、高高低低的石子路、错错落落的屋舍,不必让它们都有用,只为某个安静的午后,可以听一听雨打芭蕉,那些月圆之夜,可以在桂花树下慢条斯理地喝一杯小酒。这一地红艳艳的山茶花,在榉溪的田野中央张扬它奔放的激情,只为给这春天增加几分春意。每个人经过时都会多看几眼,甚至会停下脚步站一会儿,闻一闻它四处飘散的清香。

四个年纪相仿的男人在一块地里种土豆。这样的场景不多见。一般情况一块地里一个男人,或者旁边再加个女人,或者再加个年轻人——大多是自家的孩子,但这些年会下地的年轻人越来越少。大概是兄弟以及邻里来帮衬了吧,种土豆也是春天里的一件大事。农村里但凡有了大事要事,都要找些人来帮忙,或者左邻右舍自愿来搭把手。不必不好意思喊人帮忙,人家主动来时也不必过意不去。谁家过日子没几件重要的事情呢,今天你帮我,明天我帮你,帮来帮去,大家就亲了,"远亲不如近邻"大概就是这么来的。比如办喜事时,买菜、做饭、摆桌、管账、招呼客人都有乡亲兄弟族人分头支配,主人家反倒落了个清静,整日里喜气洋洋的,什么都想张罗张罗,却是哪儿都插不上手。又如我们小时候,家里的玉米总是在大家的齐心协力下捻完的。玉米丰收时节,大家天天晚上聚在一起捻玉米。今夜东头、明晚西头、后天村口,日子都安排得满满当当的。玉米捻完之后,并不着急回家,大家聚在一起吃夜宵,有时是番薯、土豆,有时是嫩花生,洋气一点的家庭是芝麻饼干和汽酒。那么多无聊的乡村夜晚都在玉米粒落下的簌簌声以及嘻嘻哈哈的笑闹声里度过。我一直认为，乡间尚流行着"有福同享，有难同当"的规则，像一个家。

歇下的功夫，两个男人胳膊肘支撑在锄把上，斜着腿作稍息样，一个坐在旁边的石头上张望，什么都看，又什么都不看，一个弓着腰在继续播种。他们默默的，不说话。旧衣服，解放鞋，新翻的泥土，不言自明的默契与和气，望向我们的眼神安详而宁静。朋友说这些大叔看上去十分酷，给他们取名"乡村F4"。我再看一眼，不禁莞尔。

女人在青菜地里拔草，男人蹲在一旁抽烟。城里来的人在山谷里野炊，太阳暗下去的时候，心满意足地离开。山风吹过来，带着浓郁的花香，纯正天然的味道，沁人心脾。各种植物都将自己的香味奉献出来，春风将它们糅合，做成一款大自然特有的香氛。春光，就这样渐渐深沉起来。

居之安

这里的门头如一只未开过口子的葫芦。葫芦边用黑色和红色里里外外描了三层，错落的层次感，仿佛慢慢叠加的岁月。葫芦里边的白粉墙上，是三个黑色的大字——居之安。这三个字十分显眼，仿佛垂挂着的粗布上绣了一朵别致的花。它们端端正正的，十分规矩的样子，却也有一点点俏皮，特别是"之"的那条"尾巴"，仿若一根丝带要随着春风飘摇起来，自在不拘的模样。"居之安"出自《孟子·离娄下》："君子深造之以道，欲其自得之也，自得之，则居之安；居之安，则资之深；资之深，则取之左右逢其原，故君子欲其自得之也。"朱熹集注："自得于己，则所以处之者安固而不摇；处之安固，则所藉者深远而无尽。"后以"居安资深"谓掌握学问牢固而根底深厚。

没想到一个门头大有学问，主人家的修养、觉悟，以及人生追求都在这里边了。我也喜欢倒着念——安之居——安之居。念着念着，便滋生出另一些意味。安静的居所，安宁的居所，令人心安理得的居所。每日太阳西斜，暮色上来的时候，荷锄而归，一脚跨进家门，一种安宁

如
在

的气氛就围绕过来。洗脸洗脚,卸去一日疲惫。夜色慢慢深沉,若说白天为了他人,夜晚终究归了自己。暗夜的灯下,灶头飘出好闻的饭香,儿孙绕膝,最好喝两口酒,微醺之际看看月色,聊聊身边琐事。也许当初他们就是希望有一处身心两安的居所,过一些这般惬意的日子。但或者他又是爱读书、有追求之人,希望子子孙孙"居安资深",以及"居安思危"。这样的人家走出去,一定多些处事泰然的态度,该是谦谦君子的风度。

"居之安"三个字上头是两条鲤鱼。肥而大,很富足的样子。鲤鱼是我国流传最广的吉祥物之一。中国人爱鲤崇鲤的习俗,存在于很多生活领域中。鲤鱼象征着勤劳、善良、坚贞、吉祥。赠人以鲤表示尊敬和祝贺。年年有余(鱼)、吉庆有余(鱼)的年画更是久传不衰。孔子生子时鲁昭公赐之鲤鱼,为此,孔子为子取名"鲤",字"伯鱼"。又言"鲤鱼跳龙门,过而为龙"。门头上画两条大鲤鱼,估计也是想讨个吉利。这两条年年都在门头上游着的鱼,身子已然有些褪色,两对本就突出的鱼眼被重新用黑色的墨汁点了一下,变得格外有神。仰头看它们的时候,它们也正盯着我们看,目光炯炯,遂又想起画龙点睛的故事,怕它们也要游走。

在我国,鲤鱼之美味广受赞誉,成为食之上品。周宣

辑
二

王曾以"烹鳖脍鲤"宴请诸侯。《诗经》有言："岂其食鱼，必河之鲤？"民间向有"无鲤不成席"的说法。在樟溪及周边的一些地方，逢年过节也讲究桌上有鱼。过年时，总在年前就从集市上买下许多鱼，能养着的便养在水缸里，烧菜做饭时随手取一条。养不了的就一次性全部清理干净，用一根绳子穿过鱼嘴，穿成一串挂在门口的柱子上，仿佛一群鼓着腮帮子张着圆圆嘴的鱼儿在爬柱子，十分有趣。大年三十取下一条红烧，团圆的餐桌上，大家围在一起吃，七嘴八舌地说"有鱼有鱼"，又说"吃鱼吃鱼"，吃完饭发现鱼没吃完，又说"有余有余"，新年就这样欢欢喜喜地开始了。

又在一个门头上看见"桂水长流"四个字。白色的墙面上，用砖块或者其他材料雕刻出来，高出墙面许多，端正而立体，大概就是人们常说的砖雕。有一回，看见早晨的阳光斜斜地照过来，"桂水长流"拉扯出好看的影子，柔柔长长的，仿佛一段正在流淌的岁月。又想起家庙中看到的对联"脉有真传尼山发祥燕山育秀，支无异派泗水源深桂水长流"，如同看见一支水流不停奔流，自宋时开始，从北向南而去，在我们身边重重地拐了个弯，留下一些什么，又一径向前。

在村里走，发现一些有趣的对联。大红的纸，乌黑的墨,不同的笔迹,或端正,或潦草,或拙朴,也有十分稚嫩的,大概是年幼的孩子第一回写下的对联。它们红红火火地贴在窗户两侧,一下子把整座房子都照亮了。这些对联对仗往往不工整,皆不是名家所书,大概是各家各户拿了笔墨率意而为,有一点"宁拙毋巧,宁丑毋媚"之况味。拿锄头的手拿了毛笔,书法到底一般,但追求的意境让人浮想,竟愿意用上"高远"一词。有对联曰"耕读传家守忠孝",又有"少说空话多做事",或者格局大些的"江山依旧景长春,岁月更新人不老"。而看到"学而时习之,温故而知新"时,不禁扑哧一声笑了——这是多么好学的一家人呀。

这些被展示在外的语句,大多为了警醒自己,或者教育晚辈。《孔氏家规》有言:"训子,须自幼教之。"一个人在这样的氛围中长大,从小耳濡目染这些雅驯的文字,不知心底会滋生出多少律己以及感恩之心。而在我们看来,这些人,这个村子,活得多么生动有趣。

辑二

斋 饭

　　我们一群人兴冲冲地去"做香婆婆"家吃斋饭。其他人已事先预约，我属于临时插队。在乡间，所谓的预约比较随意，大都路上碰见时知会一声："明日来我家吃饭！"离得远些的，便一个电话过去："过来吃饭啊！"除此之外，也有让人捎个话的，或者专门跑过去喊一声的。最后一种情况大凡慎重了些，往往是在其他方式都用不上之际才用。大家乡里乡亲的，相处都是随心随意，不在意那些繁文缛节。被约者大都不会推辞，爽快应一声："好嘞！"便拖家带口地去了。我临时到来，也一同前往。我在乡村长大，自然了解乡村规矩，遇上办大事的日子，谁也不会介意多一个少一个，更多时候则是盼望能多来几人助助兴，这份热闹对于主人家而言也是脸面增光之事。

　　远远地，几位婆婆便扯开嗓门："你们怎么才来，我们都已经吃过了！"乡村有自己的时间，一日三餐总是早些。他们早早地吃完，早早地忙活，而后早早地睡觉。我们的生活大都不太规律，多有熬夜，很少能学会早睡早起，大概去乡间住一段日子自然就会了。乡村的交往也是从一日三餐开始的,早晨见面问一声:"早饭吃过没?"中午碰见问一声:"午饭吃过没?"傍晚见了面还是同样的问题,仿若人间大事不过"一日三餐"而已。实际上,这算删繁就简得出的真理。人世间,除了吃饭睡觉,其他都是破事,说得文绉一些,便是"民以食为天"了。

做香婆婆家阶沿摆满了各种物品,那条陈旧的沙发被抬走了。在被抬走之前,沙发日日爆满,婆婆公公们齐刷刷地窝在一起晒太阳聊天,神色怡然,俨然"乡村俱乐部"。其他杂物也被清理干净,腾出空位来置办今日大事。左边一张八仙桌,设烛台香炉,香火旺盛,袅袅烟火熏得眼前的人事物像隔了纱幔。靠里边供奉的是一个花花绿绿的"斗坛"。这"斗坛"是昨日婆婆们花一整日时间一起做下的。它集众人智慧与宠爱于一身,凡是被认为好看的颜色、花纹、图案全贴上了,大红、大紫、明黄、翠绿,流苏、花朵、流云,明艳艳的,有一种五彩斑斓的隆重,煞是引人注意。相传,农历九月十九是观音出家日。这一天,婆婆们拜斗吃素,用这样的方式祈福。

隔壁一张圆桌,上面摆着满当当一桌子菜。这便是传说中的斋饭了。我之前并未参与此类活动,不知斋饭规格,以为仅是清汤寡水、三两素菜、一碗稀粥而已。不曾想竟是这般丰盛——青菜、土豆、豆角、咸菜、毛芋,一数竟有十余种,仅仅无荤腥罢了。

我们坐下吃饭。饭菜可口,吃惯了大鱼大肉的嘴如同遇到了一股子清风,异常舒适。这些来自房前屋后、田间地头的菜蔬,新嫩嫩的,一再刺激我们的味蕾,不禁食欲大开。婆婆们各自忙活,偶尔经过我们身旁,亲热地说一声:"多吃点,多吃点!"乡村的热情真诚而相似,让我们恍然以为是奶奶和外婆。我们丢了陌生和怯意,仿若回了自家。

这群婆婆年纪都大了,脸上爬满皱纹,长满老年斑,身材走形。身子骨每况愈下,有的是拄着拐杖来的,做事时拐杖就在旁边等着。但她们为了这个日子不辞辛苦,几日前就着手安排各种事宜,昨日今日更是忙个不停。仿佛有什么东西在支撑着她们,让她们有使不完的劲儿。除了眼前这个日子,每年的七月七、九月九等诸多日子里,她们穿花花绿绿的衣服,又唱又跳。她们唱得不动听,跑调十万八千里。跳得也有些拙,像一群木偶,生硬的动作甚至有些滑稽,令人发笑。但若是看过她们在村子里的生活日常,看过她们做事的真诚,我们心底就会升起一股莫名的感动。我们甚至希望多几个这样的节日,让她们用这些朴拙的方式为这个安静的村落填充一些民间的自然声响,为这个村落留下一些属于自己的东西。看多了,心底还会生出一丝凄凉,生怕某一天这样的情景就不见了,像一粒沙沉入大海再也不见了。

　　木鱼声、磬声响起来。婆婆们双手合十,诵经声响起,仿佛在唱久远的歌谣。听不清唱什么,却异常熟悉这些调子,它不似北方信天游那样嘹亮无边,而是带着江南小村的婉约,颇为虔诚的,想让谁听见,又不想让更多的人听见,仿佛我们小时正对着贴心朋友说悄悄话。小时候,在我的故乡,一村的婶婶婆婆也是这样唱着。她们眼光慈祥,神情安宁,笑容挂在脸上。那笑容与我们日常里见到的不同,十分特别。是投入一件事的专注,是无所欲求的满足,或是心中自在的安宁,不得而知。人要在这个纷杂的俗世间修炼多久,才能拥有如此淡定从容的模样?

　　这是我吃得十分舒服的一顿饭。有了这顿饭做铺垫,下午的节奏也变得慢起来。我们喝了很多茶,说了很多话,而后听见电话响起:"过来吃饭啦!"

　　"又可以吃饭了?"我们哈哈笑着,起身前去。一出门,太阳还立在山头。

辑
二

小酒馆

　　我是不喝酒的。但来这里若再不喝点，就会让人觉得过于矜持和清高，十分不近人情。

　　平日里，我们一日日地约束规范自己，直到连自己都不认识了。到了蓝莲小酒馆，就可把原来收敛的一面释放出来了。某个午后，我们匆匆赶来，是来寻自己的。放松一些，喝点小酒，微醺之间，就可以把自己找到了。

　　小酒馆很小。四五张八仙桌，只容得下三五拨和我们一样的客人。一碟花生米、一盅老酒，从高高的柜台上递过来，让人想到鲁迅先生笔下的咸亨酒店。但这里的老板不像咸亨酒店掌柜那般"是一副凶脸孔，教人活泼不得"。他是一个有故事的人。见多了故事，人就变得淡然和有趣。他常笑着，一副与世无争的样子，每日品酒喝茶读书，十分自在。他说，什么都经历了，没有梦了，可是眉眼心上都是对未来的期许。他又说："一个人只有去过很远的地方，见过很多的世面，做过很难的事情，才能体会到什么叫平静和沉着。"还说："一个人只要不要走得太远，不要见过太多，不要做得太难，心里就永远只有平静

如

在

和沉着。"话虽如此,可是,谁又能管住自己的脚步呢?没出去过,又如何懂得归来呢?

我在酒馆喝过几回酒。用甜酒曲酿制的白酒,入口甘甜,十分好喝。这酒还没有名字。我想给它取名"桃花酿"。桃之夭夭,仿佛一个善解人意的女子,能抚平所有心事。或者可借唐伯虎的"酒醒只在花前坐,酒醉还来花下眠",沾染一点诗情画意。又或者是《三生三世十里桃花》的白狐上仙,一杯一杯将前世的纠缠忘得一干二净。

我坐在角落里喝酒,看自己的过往,也看过往的客人。很多人来了又走了。能停下脚步的一般都是有故事的人。他们有的来找迷失的自己,有的来找走远的爱情,还有的想寻找不一样的未来。我透过他们的言行举止猜测背后的故事。可是猜不着的。幸福大都相似,而忧愁总是千姿百态。一千个客人就有一千个故事。他们大都沉默寡言,独自要了酒,一杯接一杯地喝,偶尔抬头看看天空,看看同样坐着喝酒的人。但只是看看而已。一个故事还没走远,另一个故事的开始需要时间和精力。

一盅酒罢,他们犹豫着要继续还是离开。老板会微笑致意:有些事情到此为止,就如桃花酿,微醺即可。

恍然明白,起身离开。将故事留给小酒馆。

一堂课

　　节气过了小满。《月令七十二候集解》:"四月中,小满者,物至于此小得盈满。"这里的"四月中"应该是农历,按公历来看,在五月二十日前后。我特别喜欢"小满"这个节气,名字美,意思也好。自此开始,夏熟作物的籽粒开始灌浆饱满,但尚未成熟,只是小满,还缺着一些什么,需要我们耐心等待。一种美好期待自此开始,沃野插秧,小麦灌浆,而杨梅、枇杷都熟了。这是一个生机勃勃的季节,日日都有收获的样子。今年小满恰好是五月二十日,因"五二零"谐音"我爱你",年轻人将这个日子过成情人节,微信朋友圈满满都是秀恩爱、晒幸福。如此,小满又被赋予另一层意义,那是关于爱情的,神圣而浪漫。两个具有特殊意义的日子重叠,似乎又在告诉我们,凡事小得即可,爱情也是。

　　差不多已过半年,杏坛书院才开了第一堂课,之前选择每月下旬的一个周六晚上七时,准时开课。授课者大都是书院的卢震老师。他学识颇高,又对乡村文化文明颇有见地,总能将日常琐碎的事物讲述得令人心动。我们每每听后必有所得,如梦初醒:"哦,原来如此!"就这样在渐渐的感动和发现中,越来越深刻地体悟到冯骥才老先生所讲的:"中华民族最深的根不在城市,在农村。"他讲辛弃疾,讲宋太祖,讲《一个人的村庄》,讲《睡在羊粪上的历史和记忆》……就这样讲到第二十六期了。这期读书会的主题是"山水正脉,大愿悲秋"。

今年是一个特殊的年份,新冠疫情之后,相聚显得十分珍贵。大家见面依然寒暄:"好久不见!好久不见!"但意味已不同之前,竟有一种"你若安好,便是晴天"的惊喜。我们大都在经历劫难后学会珍惜。

出现了越来越多的新面孔。我们微笑致意,仿若走进书院便成了朋友。大家怀抱一颗学习交流之心,态度自然谦和,人人都客客气气的。参加读书会的范围逐渐扩大,人数在增多,本村村民、隔壁村的、县城的、外县的,甚至外省的,都来了。

晚上的读书会由知名艺术家王悲秋先生主讲。王先生是天津人,自幼酷爱绘画,尤钟情于山水,临摹古人的同时,至今写生不辍,先后跋涉于全国二十多个省(区、市)的五十余座名山大川。这次来到浙中南采风,结识卢老师。一个多月的采风时间,卢老师陪同王先生在台州市区、临海、磐安等地采风,结下深厚情谊。这次趁着书

辑
二

院开展读书会之际，邀请王悲秋先生及其夫人作为主讲人。他们爽快地同意了。这也是书院一直以来的心愿，希望有更多这样有趣的灵魂走进书院，分享艺术心得。

这，是一个新的开始。

晚上七时，天色暗下来，灯光陆陆续续亮起来。人们聚在家里吃饭聊天休息。这是一天中最休闲的时刻。夜里无所事事，很多人便早早睡了。原本安静的村子愈发安静。

书院成了最热闹的地方，灯光明亮，大家从各个方向走来。木质的楼梯楼板不停响起咚咚的脚步声，有些轻，有些重，有些缓慢，有些急促，像要迟到了好一阵紧赶慢赶。我们坐在齐整的竹椅上，不一会儿就坐满了。后面又陆续来了一些人，只能在帘子外面听着。

我不懂书画，但喜欢看。美好的东西就是这样，我们不必真正懂得其中之奥秘，只要会欣赏就可长些雅兴。王老师和夫人来了，两人都是一身艺术家气质，不端一点架子，十分谦和。对于我们来说，这是一个十分难忘的夜晚，我们可以在这样的地方聆听艺术名家讲课，而这对王老师来说也是一样难忘。他们有如千里来相会，在五月，在榉溪，在杏坛书院，在我们面前畅所欲言。他们和我们分享的不是专业的学问，而是创作之路上一些难忘而有趣

如
在

的故事。这样的事听起来十分亲切,既无疏离感,又常将众人逗得哈哈大笑。一屋子人笑起来,书院的楼板亦发出轻微的抖动。

我极羡慕他们夫妻俩,他们有共同爱好,常结伴外出采风,常讨论学术问题,偶尔相互调侃,眼里都是笑意。我想起钱钟书对杨绛的评语:"最贤的妻,最才的女。"

他们说:"艺术可以永流传。"

又说:"艺术之路充满艰辛无捷径,需要百分之九十九的努力。"

"必须沉浸其中。"

"要会学习,学习需广而深,历史人文社会什么都要学,然后在作品呈现出来。"

"艺术家必须深入生活,让普通老百姓都知道美在哪里才是真正的艺术。"

"艺术必须不图名利。"

…………

他们谈论艺术,更像谈论做人。很轻松的,不知不觉聊了很多。而后,他们说:"那么就这样吧,到此为止吧!"大家不禁"啊"了一声,觉得意犹未尽,仍想听到更多,但夜色已深,很多人还要开个把小时车赶回家去。那么,就这样吧,凡事小得即可,小得已然盈满。

辑
二

我们的脚步声又一次咚咚响起,又纷纷出了院门,沿着不同的方向走。也许,多年之前的许多个这样的夜晚,一群身穿长布衫的斯文人,趁着月色来到书院。他们围坐在一起秉烛夜读,促膝长谈,闪烁的烛光照亮了一个又一个黑夜。

如

在

一扇窗

窗户打开，仿佛长了一对翅膀。

这个下午，我们浸泡在草香、木香、茶香以及乡野的气息中，有些飘飘然。我担心自己会飞起来。据说人是会飞的，特别是在心满意足的时候。窗外的天空落起了雨，淅淅沥沥的，落在鹅卵石路面上，落在正往窗口爬的蔷薇上，落在黛色的瓦片上，生出一支久远而闲淡的乐曲。年迈的村里人走过，好奇地往窗里瞧。我们相视而笑。

一扇窗打开一种生活。前些天，也是在桦溪，在杏坛书院。卢老师给我们讲《一扇石窗的光阴故事》。他说："石窗，是古村落再普通不过的一个建筑元素，乡村里大多数的石窗，都是秉承节俭实用的原则，斑驳的石窗和一堵老墙，就是我们美学之中的寂静之美。"这使我对每一扇窗产生了浓厚的兴趣。我了解了一根藤、万字纹、风车纹、步步锦、柿蒂纹等镂刻在窗上的纹路及用意，体会了历代工匠率性而为的自由和精益求精的追求，我还看到了窗子主人或高雅、或朴实、或淡然的人生境界。他们一生都在寻找一扇窗，一扇属于自己的窗。数十年来，我也遇到过好多扇窗。我见过人声鼎沸的窗，也见过孤单落寞的窗，见过高高在上的窗，也见过谦卑如尘的窗。但都只是肤浅的见，没有像卢老师那样认真了解过每一扇窗的来龙去脉。

今日，我静静地看着窗，窗也静静地看着我。它们是房子的眼睛，大的、小的、精致的、粗糙的、暗淡的、明亮的，每一只眼睛都和谐地长在木墙上、土墙上、石墙上。我站在这些眼睛面前朝远处望，望见时间像流沙，人们来来去去，一屋子柴米油盐、酸甜苦辣。一扇窗就是一辈子，几辈子，祖祖辈辈。

我的心里住着一扇窗。某个月黑风高的夜晚，父亲出差在外，母亲去了村口给人看病，我们兄妹仨早早地被安排在了楼上。那时农村的孩子都在大树下听着鬼故事长大，乡村的夜晚被拉得又黑又长，面目狰狞。我们的胆子变得越来越小，不敢走夜路，不敢上二楼，不敢离开大人的视线，灯光照不到的地方成了我们心头的阴影，任何风吹草动都挑战我们的勇气。

突然，楼下有"东西"在动，盆子翻了，碗碎了……而后，又有东西倒地。我们缩在床角，面面相觑，猜测那"东西"的大小、模样。每一次猜测都与大树底下的"怪物"相吻合，"画皮""孤魂""野鬼""狐狸精"……我们一起跑向

如
在

窗口,企图用高声的哭喊战胜楼下的"怪物"。

我们趴在窗口一遍又一遍地呼唤母亲,声音穿越寂静的黑夜,传得很远很远。邻居们听到了,劝我们别哭。狗啊,鸡啊,猫啊,发出烦躁的叫声表达抗议。可楼下的声音仍时不时响起。我们竞赛似的,使出最大的气力呼喊。估计母亲听到了,终于出现在窗外的小路上。我们仿佛办成了一件大事,暗自欢喜。然而母亲没有安慰我们,她严厉地批评我们胆小如鼠,缺乏勇气。我们乖乖地接受她的批评,识趣地钻进被窝睡觉。此后多年,我们再也没有一起趴在窗口呼唤过母亲。我们慢慢长大,窗口已容不下我们的身子。我们也看过外面的世界,见识了许多比老鼠更可怕的事情,或者我们还有更多的事情要做,已经没有太多时间趴在这一个窗口感受夜晚的可怕;又或者,人长大了,夜晚就向我们妥协,变得温和了。

再后来,我每次回家都喜欢站在这个窗口。我看见东边的新楼笋一样立起来了,西边、北边的屋子倒了大半,看见陌生的生命一个个诞生,熟悉的老人一个个离开,看见村子以它喜欢的步调新陈代谢,不慌不忙地长成陌生的样子。我也看见母亲常常站在这个窗口,望着窗外伸向远方的小路出神,她以为"母子连心",只要她站在窗口,我们就会出现在归来的路上。我以为她会像我们呼唤她一样呼唤我们,可是她多么克制和隐忍,虽然她对我们的期盼胜过当年我们对她的需要。

十年前来到眼前这个村子,迎接我的是一村子的宁静。我十分欣喜,在故乡之外找到一种熟悉的感觉。我以为以前到过或者长住过,但实际上并没有。人的一生总要遇见几个一见钟情的人,也总要有几个村子能够让我们慢下来,有停靠的欲望,并固执地认为,村子比人可靠,不会轻易改变什么。于是我写下《樟溪之恋》。而后的时间里,我反复地来,每来一次,得到的安宁便多一点。后来来到杏坛书院,结识了卢老师和方山,我们沉浸在书院安宁的生活状态里,于是有了《晒在樟溪的生活》。我用这样的方式记下与这个村子的交集和故事,了解多一点,感情就深刻一些。

方山一日日地守着杏坛书院。一院子的花花草草,一屋子的书,以及一肚子的养花体悟和读书心得。我说她是一个日日浸润在花香和书香中的女子,灵魂带有香气。她发来信息:

"铁线莲开了。"

"素馨开了。"

"书院的小动物们想你了。"

我隔着遥远的距离认识书院的花草,我看见春天的脚步从一朵花上走过,又从另一朵花上开始。方山说,你总也不来。

这个春天,我把自己关得太久。

暮春的一个傍晚,我们一家来到书院,听卢老师讲一扇窗的故事。我们看见一扇窗打开,又一扇窗打开,一个夜晚倏忽而过。很迟了,我们都意犹未尽,争着发表个人感想。卢老师是一个厉害的人物,他总能通过我们身边各种细微渺小的事物,拨动我们的心弦。我迷恋这种感觉,将自己完全释放在这一片安宁中,顺从内心去思考一些日常没时间思考的事情,发现这些无用之事是那么有趣。这时,方山总是微笑着看着我,仿佛一件比较期盼的事终于有了满意的结果。

方山带我们挨个认识书院的花草。她熟悉每一种花草的脾性,仿佛亲手养大的孩子。她告诉我养花秘诀:花草就像人一样,有时间陪它们说说话,聊聊天,它们便长得灵气起来。我想起这几日老是萦绕在脑海的一句话:"最温情的告白是陪伴。"在这里,我们可以陪着一朵花成长,盛开,凋零。我们的时间就是花草的成长速度,多么缓慢。

人生难得几个闲适的下午。我们坐在窗前看雨。雨落得十分随意。有时急一些,有时小一些,懒得下了就停

辑
二

住。经年的石头泛着油亮的光泽,院子里的石榴树红绿分明,池子里的莲花安静地睡着,青蛙偶尔唱几句。我们有一搭没一搭地说着话。

暮色四垂。人们走回家去。炊烟升起来。我看着炊烟从窄小的烟囱里钻出来,仿佛看见一座房子在吐故纳新,在做深呼吸,或者是一个老者握着长长的烟杆抽着土烟,偶尔呛一声,排出的烟阵便大一些。或者是老屋子闲得无趣打起了太极,呼出的气悠长悠长,颇有仙意。

有人说炊烟是故乡的根,炊烟在,故乡就在。在我的记忆里,炊烟是时间和方向。炊烟升起来了,母亲喊我们回家了。即使走得再远,炊烟都能领着我们回家。

如

在

一碗茶

在桦溪正儿八经喝的第一次茶应该是书院里的大碗茶。

几年前的事儿，具体情节已忘了，记得方山一手抱来三五只白瓷大碗，一手拿了水壶。白瓷大碗啪啪啪地在桌上一字儿摆开，我们不由得张了嘴，吃惊了一会儿。这大碗该是武松打虎之前"三碗不过冈"的酒碗，或者是英雄豪杰用来"大口吃肉，大碗喝酒"的，十分豪气。

方山往碗中放入茶叶，冲入水。茶叶上下翻飞，茶汤氤氲开来，茶香四处弥漫。我们在一碗接一碗的茶中说了一下午的话，十分过瘾。

后来，书院靠北的房子布置成"三乐室"。取义"君子有三乐，而王天下不与存焉。父母俱存，兄弟无故，一乐也。仰不愧于天，俯不怍于地，二乐也。得天下英才而教育之，三乐也"。一张老茶桌，几幅暗色字画，颜色旧得像老舍笔下的老茶馆。那段时间，我遇到一些事儿，沉重地压在心头，扰乱心绪。卢老师和方山似乎看出什么，他们端来大碗茶。我们大口大口地喝茶，也说话，说人间俗

辑
二

事,不知什么时候,身子轻松起来。

暮春的一天,我带了朋友来到书院。卢老师和方山去了临海,门上了锁。方山发来信息,告诉我钥匙所在,让我们自己泡茶喝。我们泡了大碗茶,坐在院子里喝。朋友说,等老了,也找这样一个院子,种种花,发发呆。我们在院子里坐着,模拟老了的时候。我们看着阳光那双金色的大脚在院子里走动。它在天井中的花草上、小院的过道上走动,而后慢慢地爬上门窗,爬上贴着的"青山有竹吾家"的红联,爬上"杏坛书院"的木质牌匾,爬上乌黑发亮的瓦片,然后飘到更远的竹林、山尖去了。这个下午,我们数着时间的针脚过去。

也在蓝莲小茶馆喝过茶。我们坐在窗前,窗子临街。恰好有雨。雨将村子打湿,也将时间调慢,不时有人打着伞经过。有的匆忙,有的缓慢,有的往东,有的往西,但都从窗口过去了。只有我们一直坐着。我们喝普洱,看着夜色渐渐深沉起来,却是越来越清醒。村里的老人也喜欢到这里喝茶,他们觉得茶好,就一杯接一杯地下肚,直到从不失眠的人醒了一整晚。终于明白,好茶亦不可贪杯。

我还听说村里有一个习俗:大年初一,新过门的媳妇会备下各色茶点,邀请村里人去吃茶。邀请到的人越多

如
在

就越有面子,得到的祝福也就越多。我猜测那些茶点该
是桂圆、花生、红枣、粉糕、米糖等等,寓意好的茶点都该
到齐了。

但我没见过这样的场面,多么希望今年也有美丽的
新嫁娘。

落　雨

　　雨落在别处,总要让人生烦。若是落在榉溪,一切便是刚刚好。天色暗下来,风刮起来,乌云压过来,榉溪的天空在筹谋一场雨。

　　人们忙碌起来。晒着的衣服、被子抱回了家,粮食归了仓里,牲口回了圈里。人们挑着担子、荷着锄头、挎着篮子从村子的各个角落里赶回来。他们一改平日悠闲的状态,手忙脚乱地做着下雨前的准备。榉溪的雨十分善解人意,总会计算好时间,等人们都差不多做足了准备才下起来。起初,这里一点,那里几滴,似乎在提醒手脚慢的人加快速度。那些匆忙往家里赶的人头上、脸上、背上着了几滴雨,"啊呀呀"地叫着飞奔起来。待他们在屋檐下站定,雨便撒欢似的下了起来。哗哗哗,啦啦啦,啪啪啪,一时间村子热闹起来,屋檐上、院子里、石板路上、池塘里,到处是雨落下的声音。村子渐渐安静下来,除了雨声,其他声响都没了。就这样,村子又热闹起来,所到之处皆雨声,一时间活泼泼的。

　　雨下起来了,看雨成了人们最喜欢的事。老人家坐

如

在

在阶沿看雨。他们在村里住了一辈子,雨也看了一辈子。他们熟知樟溪的天空落下的每一种雨的脾性,暴雨、雷雨、细雨、毛毛雨、阵雨、梅雨,而后用不同的方式迎接每一种雨的到来。阵雨时坐街沿聊天,聊着聊着,雨不知什么时候停了,它是急性子,来得快走得快。暴雨时得谨慎些,它比较凶猛,瓦片缝里会漏下雨来,水桶啊,塑料盆啊,得早早地备着。雷雨时躲进屋里,在八仙桌前喝点烈酒比较应景。毛毛雨就不同了,走出门去吧,去感受它无边的温柔。

这个下午的雨下得有些急。他们安静地看着。他们熟知哪个檐头落下的雨柱粗,哪个角落出水急,哪个院子的雨声最好听。他们似乎看得十分专注,又似乎什么也不看。孩子穿了鲜艳的雨衣,套了雨鞋,冲进雨里。踩水塘是他们最喜欢的游戏。他们重重地踩一下脚,互相攀比谁的水花高、谁的水花大。他们乐此不疲,直到将自己湿成一个水娃娃。年轻的情侣跑过雨巷,躲进屋檐下。他们嘻嘻笑着说出方文山的歌词:"最美的不是下雨天,是曾与你躲过雨的屋檐。"酒娘是个有情调的女子,她从邻村跑来看雨。她来到书院,看见雨从乌黑的瓦片上滑下来,从粉墙上落下来,从马头墙上跑下来,看见雨落成一个方方的天井。她来到家庙,看见雨从深邃的天空落

辑二

下,落在千年的家庙上,这场雨变得庄重肃穆,仿佛千年之前的雨一直下到现在。平日里吵闹的戏台也静下来,它在等待今日的雨上演一场好戏,形形色色的雨如帘子、如豆子、如珍珠粉墨登场,这台戏唱得酣畅痛快。她来到小巷,雨幕夹道,窄窄的巷子里便只剩下雨和她了。

榉溪的雨就这样下着。一村子都在看雨,人啊,树啊,房子啊,大地啊,山峦啊,河流啊,不知不觉看了一下午。

如

在

家门口的猕猴桃

不知是谁在某个成熟的秋天朝阶沿的泥地里吐了一口水，两棵猕猴桃种子开始酝酿，像成熟的母亲孕育下一代。次年春暖花开时，它们破土而出，成为两棵嫩芽。二十五年后，成为两棵上年纪的树。对于植物来说，二十五岁是一个小岁数，是植物界的婴幼儿，但对于猕猴桃而言，它们是界内的佼佼者。何况是在金保爹的老屋前。

长在房前屋后的植物总不如野外的长久。野外的植物只要不遇到特殊情况，总能任性地往大处高处长。它们的世界只剩下这一个任务，就是成长。但房前屋后的规矩就多些。它们要长得可爱，要长在自家一亩三分地内，还要有用——要么成材，要么结果。但即便是满足以上所有条件的乖巧又懂事的植物，要长久还要靠一些好运气。比如有一块肥沃的土地，有一个爱它的主人，恰好主人又爱他的老屋，不会随意搬走，而且一间又一间老屋组成的村子比较安稳，不会动不动就旧村改造，将老房子拆个一干二净，殃及"池鱼"。

这两棵猕猴桃比较幸运。它们在金保爹的门前长了二十五年，张牙舞爪，颇有气势，仿佛两个彪形大汉。植物最长情。我们呵护它长大，它马上以植物的方式回报我们。二十世纪九十年代，中国大地上刮起一阵风，人们争相外出打工。村子里能出去的都出去了。金保一家也出去了，在南方呆了三年。这三年，猕猴桃撒欢似的生长，爬过街沿爬上屋檐，爬过窗户爬进屋里，又把手脚伸向隔壁邻居。它们用三年时间，给屋子织了一个密不透风的绿帐篷。三年后，金保一家回来了，看见家的第一眼就被这庞大的阵势吓住了，他们手忙脚乱地修剪起来。

后来的日子，就是我们看到的模样。屋子里的人过着波澜不惊的日子，屋檐下的猕猴桃开花结果落叶，走过一个又一个春夏。它们慢慢成长，也陪着屋里人长大成熟老去。时间久了，它们成了老屋另一对主人，或者是金保爹的另一对孩子。金保爹的亲儿子成家立业，搬到村边的新房里去了。猕猴桃一日日地陪着金保爹，形影不离。金保爹闲时就坐在树下，摸摸叶子，数数树上刚挂的果子。一数竟有一百个。再数，一百零三个，又数，一百零八个。他天天数，数了一遍又一遍，每回数，猕猴桃都像新长出了几个，那数字仿佛也在生长。他就这样乐此不疲。

这还是他的一项额外收入。等到秋天，游客们过来，看见胖嘟嘟的猕猴桃问：

"卖不卖?"

"卖,自己摘去!"

他搬过梯子,游客爬上摘走三五个。

于是,老屋响起一串笑声。那笑声是金保爹的,是游客的,也是猕猴桃的。

苔痕上阶绿

梅雨季节，最幸福的要数苔藓了。雨哗啦哗啦地下，它们咕咚咕咚地喝，直到把自己喝得肥头大耳，绿得冒油。

这是一个庞大的苔藓家族，那么多纤弱的身体肩挨着肩地挤在一块，那么多细长的脚齐刷刷地站起来，站成一团又一团绿。这是一种集体力量最鲜明的写照，苔藓多力量大，我们眼目所到之处统统被它们占据了。它们"措形不用之境，托迹无人之路"，背阳就阴，"违喧处静，不根不蒂，无华无影"。它们那么顽强，给一点儿水分，就能在背阴处生长。于是，路上、墙上、台阶上、窗台上、栏杆上、篱笆上、树皮上、稻臼上、石磨上、闲置的锄头和犁耙上，到处都是它们的身影。胆子大一些的，甚至爬进屋里，在墙根、桌角、泥地、水槽边，繁衍生息。它们攀附着各种东西生长，见着什么攀附什么，想长哪儿便长哪儿，爱如何便如何，谁也左右不了。

这些绿色的针尖一样的植物，密密匝匝地簇拥在一块，仿佛在织一块布、一个绿色的蘑菇、一朵小小的云，织呀,织呀,几阵春风春雨过去,织成了一张又一张绿色的毯子,毯子上有小小的云朵和蘑菇,成了昆虫们最绿意葱茏的家。

于是,一整个村子都绿了。

这是一种乡村的绿。乡村是一个包容的地方,没有过多规矩,想怎么长就怎么长。乡村就这样释放了植物的天性,它们可以由着自己的性子肆意妄为。你看,除了苔藓,野花野草也没一点规矩,长得到处都是,有些甚至覆盖了人们不常走的路。这是一种古老的绿。它在古人的诗句里生长,"返景入深林,复照青苔上""青苔依空墙,蜘蛛网四屋""鸟栖红叶树,月照青苔地",它一个朝代一个朝代地长过来,长成一幅幅幽静的图画。在千年万年的古庙、古桥、古井、古树上修行,让古老的建筑和物什更添古意。它跟随村子的步调慢慢生长,仿佛一脸绿胡子。只有上了年纪的村庄才长那么多胡子。这也是一种好看的绿。春天开始,它便像一个新生的娃娃,一日日地成熟起来,草绿、豆绿、黝绿、黄绿,它一个阶段一个阶段地长过去,日复一日、年复一年地增添村子的静气和古意,也增添村子的活泼和生气。它陪着一个村庄初步成形,逐渐成长,以及慢慢老去。苔藓的一生,也是房前屋后丝瓜、南瓜、牵牛花、凤仙花、南天竹、牡丹的一生,是猪、狗、牛、羊、鸡、鸭的一生，是所有人的一生，也是老村子的一生。

撑着伞在村子里走，要小心脚底打滑，一村的石子路仿佛涂上了油光可鉴的润滑剂。但村子里的人天天都在这些路上来去，早已练就一身好功夫。上了年纪的阿公阿婆、稚子小儿，布鞋、皮鞋、拖鞋在这些路上"啪嗒啪嗒"地走过去，脚底沾上一层绿意，也未见得哪个人会摔上一跤。倒是城里来的客人，总走不惯这样的路，走一路，"哎呀哦呀"地喊一路。"啪嗒"一声，一个趔趄滑倒，一屁股坐在苔藓上。众人嘻嘻哈哈地扶了起来，却见白的红的黑的黄的衣服裤子上，已是青一块绿一块，这些调皮的苔藓顺着衣物的纹理，似乎长进衣服里去了，怎么拍也拍不下来。他们也不恼，这小时候摔的跤，这好看的苔藓，大概是眼前这个老村送给他们最好的礼物了。

也有诗意些的姑娘小伙，在房前屋后捡一片瓦片，泡足春天的雨水，挖一坨长势最好的苔藓放于中央，拿回屋里，置于茶台上、窗户边、案桌旁。一时，屋子都被那层油油的绿意照亮了。

鲜花夹道

　　这明晃晃的姹紫嫣红瞬间就把老村衬得活泼起来，仿佛一个头发斑白的老妇穿了花花绿绿的裙子，有一点花里胡哨，精神却陡然间好了。又似那一色深沉沉的灰墙黛瓦将花朵映得妩媚动人，原本朴素的花刹那间风情万种。

　　天色擦黑时分来到榉溪，最先迎接我们的是一村的凤仙花。这种乡村最常见的植物跑得遍地都是，街头巷尾、犄角旮旯，稍稍有一寸泥土的地方都长了。时值夏末，它们长得高大挺拔，花开一树又一树。村里人从来不去管理它们，甚至未曾播过种子。这种子仿佛天上掉下来的，或者原本就蕴藏在黝黑的土壤中。它们悄悄酝酿着，在等一个机会。春风春雨一过山冈，两个嫩嫩的叶片便从土里挤出来，接着又两个，再两个，仿若一群脑大身细的绿娃娃。它们在春风里摇摇摆摆，直叫人担心会摇折了。它们挤挤挨挨地长着，慢慢抽枝长叶，变粗变壮，也不必除草、施肥、浇水，即使猫猫狗狗粗鲁地从它们身边穿过，挤得它们东倒西歪，断胳膊缺腿，隔几日，它们便

辑
二

又精精神神地迎风招展了。村里人都说:"这花儿真贱,简直不是花儿!"

我小时对凤仙花有些疏离,没见得多少喜欢,也没见得讨厌。大概是因为它过于常见,整日在我们面前晃荡,便觉得不那么稀奇了。孩子的眼光单纯,总喜欢见些没见过的东西。倒是它的果实,给了我们许多乐趣。

疏疏落落的几个花瓣落了后,细红的杆上便留下一颗果实,像举起一个绿色的火把。果实慢慢长大,如一只举着的小拳头,又似一把梭子,只不过它的个头只有小指的指尖儿大。对于乡村的孩子来说,这是一件特别有意思的玩具。等果实装满了气,肚皮慢慢鼓起来,越来越通透,像一张透明的绿皮纸,它便成熟了。伸出我们的手指稍稍一碰,它便"啪"的一声炸开。透明的果皮即刻蜷成一团,如一条蜷缩着的青虫,上面还布着一层小绒毛。而芝麻粒一般的种子早已蹦得到处都是,不小心闯进手心里的几颗骨碌碌地滚来滚去。我们将种子撒在泥地上,又伸手去捏另一个。就这样玩着,玩多了顺手了,也积攒了一些经验,每回都能准确挑选成熟的种子。我们沿着每一棵花秆自下而上一个个捏过去,速度越来越快,直到收不住手了,捏上了深绿色的果子。它似迟疑了一会儿,慢慢地裂开,慢慢地皱成一团,极不情愿似的。种子粘在

如

在

中间的白茎上,白花花的。"呀——"我们仿佛弄坏东西,喊了出来,好一阵可惜。屋里人闻见喊声,探出头来,并无愠色,和一声:"还没熟呢!"又折回屋里去了,仿佛捏坏的不是他家的果子。也许,这花真的太"贱",捏了,折了甚至拔了都无碍。或者,这一村的花儿并不属于哪一家哪一屋。它们属于整个村子,只借了这些房前屋后花谢花开而已。又或,村里人和气,不会因为这些个花草随意红了脸。

凉风习习,送来阵阵花香,也许是凤仙花香,也许不是。女儿走一路玩一路,显然对这项活动感觉新鲜。而我们仿佛回到儿时,眼前这村子就是与我们息息相关的故乡,那个正在花间寻寻觅觅的孩子正是当年的自己。我们从这些开满鲜花的巷陌里走出去,又走回来。

火红的爬山虎

诗人说，那是一墙陌生的花朵。

三张或者四五张叶子聚在一处，开成一朵红艳艳的花，接着又是一朵，不一会儿就开满了整堵墙。墙是金黄色的石头墙。这黄的红的交错在一处，映衬得黄的更黄，红的更红了。再加上天空纯净的湛蓝色，这秋日的色彩明晃晃的。

凑近了看，这是一墙爬山虎。春夏时来，见它总是绿油油的，虽也显眼，却不如眼前这红色招眼，瞬时吸引了我们所有注意。这红来得突然，前些天还不曾见。大概霜降之后，一阵略带寒意的秋风、一场深夜降临的霜将它催红了。

我见过很多爬山虎。在乡间，无须刻意找寻，它都会在路道旁、墙头边、转角处，默默地等着。似不动声色，颇为低调地贴着墙壁爬行。却也张扬，一墙一墙地展示它旺盛的生命力，以及超强的繁殖能力。

小时，我不喜欢爬山虎。奶奶说，爬山虎脚太多，太碎，没个规矩，到处拉拉扯扯，会把我们的房子扯坏。我

如
在

总将它和村里多嘴多舌的妇女联系起来,脚步细细碎碎的,说话也是。她们鬼鬼祟祟地在村子的角落里搬弄是非。爬山虎也一样,到处都是。它的脚吸盘一般,数不清多少,见着任何东西都吸。它吸得那么牢,我们拉扯不动,再用力些却扯断了。它的脚密密麻麻,吸附在墙上,长进石头里。把脚抠下来,墙上便留下顽固的脚印。我见过许多房子倒在地上,处处断壁残垣,十分萧索,上头却布满了绿油油的爬山虎。它营养充足,长得特别精神。这情景让我对奶奶的话深信不疑——一定是那些吸盘吸走了老房子的魂灵,让它就这样永远地倒下了。奶奶用柴刀将它们砍断,拉扯下来。长长的藤条弃在地上,不像虎,像蛇。我担心它又会爬起来,在某个漆黑的深夜,伸出千万只脚,爬上墙去。而事实上,这是一场持久战,奶奶与它们斗了很多年。一个春天又一个春天过去,奶奶的身子越来越单薄,墙头却是过一阵风雨增添一层绿意。后来,奶奶走了,屋子挂满爬山虎,像《绿野仙踪》里的小木屋,让人以为推门进去,会有惊喜。一晃多年过去,老屋仍然站得好好的。人物皆非,陪伴老屋的也只有那些爬山虎了。

参加工作时,我还像个孩子,从一座校园毕业进入另一座校园工作,十分单纯。不多久,我们有了新校舍,搬了进去。教学楼后是一座被挖了大半的山,灰的、黄的、

黑的岩石坑坑洼洼,大片大片地裸露出来。老校长建议
种些绿植填补那片空虚。我剪来一段爬山虎,埋了下去。
我日日去看,希望能种出一堵绿墙。可好久过去也不见
动静。有人告诉我,种爬山虎不必深埋,只要扦插即可。
大概是我做得过于慎重了。后来,我离开这里,去了城里
的学校,最令我牵挂的竟是那一截爬山虎,不知春天来时
有没有绿了整座山?

　　令人惊喜的是,在新校园里,我遇到了一面绿色的
墙。我惊讶于它的壮观,前往操场的围墙边,拉开着一张
绿色的大幕,像一挂绿色的瀑布,从墙头倾斜下来,那样
气势磅礴,声势浩大。不知有多少爬山虎在暗地里较劲,
才能成就眼前的壮观。走过路过的人,都会啧啧赞叹。
对我来说,它更像熟识的朋友,伴我一路走来,陌生的校
园也温馨了许多。每回去向校园的各个角落,我都要特
意拐了弯,从它身旁经过。每次经过,它一个劲儿地绿
着,不动声色,而我心意葱茏。有段时间,我正遇上一些
人生选择,颇为艰难,又找不到可诉之人,一时烦恼万分。
每次走过这里,看一看这欣欣向荣的绿,心情竟渐渐明
朗。这一墙爬山虎似乎有着令人镇静的作用,沉静其中
的人,会获得神奇的治愈自我的能力。后来,我离开校园
后,专门回去看过几次。再后来,许多人离开了,许多事

如

在

物改变了,校园已不是曾经的样子,只有那一墙爬山虎不知疲倦地绿着。

这些年,过得忙忙碌碌,难得有时间细看花花草草。今日站在这霜降后的爬山虎前,看它用这样纯粹的红色卖力地渲染秋天,许多记忆被唤起,一时间感慨满怀。过了霜降,马上就是立冬了,旧年里的老家、老校园不知红了没?

静谧的夜晚

"感谢给了我一个如此静谧的夜晚。"一个朋友这样说。

这话好像对我说，又像是对别人说，之后再无他言，仿佛沉浸到这静谧的夜色中去了。他似乎只要将这时的感觉说出来，告诉自己，告诉身边的人，或者告诉周围静默的空气，以及这静默的村子。他想用这样的诉说来表达此时的心满意足。

我不知他在感谢谁。我不能安排一个静谧的夜晚，其他人大概也不能。这夜晚是地球自转带来的，而静谧不知道谁能给予了。这些年，静谧太珍贵了。它鸦雀无声，比安静更深一层，是平静，中间还裹挟着一些让人舒服的安宁。在这样的环境中，很多人自然地做回了自己，或者，并不仅仅是自己。

傍晚五时，太阳落下去了，天色一点一点暗下来。主人家扯开嗓门不断催我们："吃饭了，吃饭了，再不吃就凉了。"这催促声带着笑意，开玩笑似的。又仿若儿时，夜色降临之际，父母唤我们回家的声音，十分亲切。我们从小听到大,已听得赖皮了。即便父母唤了很多遍,我们也急促不起来,仍旧按照方才的节奏四处闲逛。这些原本村里旧得不行的老屋,差点被时间丢弃了,如今修葺一新,散发出一种特殊的韵味,惹得我们一看再看。它既保留了我们儿时的生活场景,又满足现代生活的需要,细节之处安排得妥帖精致,匠心独具。走进这样的地方,我们似乎被什么东西牵绊,脚步常常慢下来。

一张八仙桌,四条四尺凳,八九盘农家菜,两盅酒,七八位志趣相近的人各据一方,一顿乡村的晚饭拉开序幕。几杯烧酒下肚,舌头打结,嗓门变粗,大家成了话篓子,有说不完的话。

"实在喜欢这个村子。"有人说。

"是。"应声一片。

"我前世大概是这里的女儿。"

"我属于一见钟情,第一眼就做出了一个长久的决定。"

"等我老了,住这里。"

…………

借着酒劲,大家争相表达自己的心愿,有一点急切,而后却是短暂的沉默,仿佛除了方才的心愿不敢再承诺太多。这沉默融入夜色,显得愈发安静了。向外望去,能见的东西越来越少,除了对面如豆如星的灯光。灯光摇摇晃晃的,像漂泊在无边的水面上。夜色包围过来,灯光如蒙上一层雾,一点点恍惚起来。灯光之下,是一代又一代桦溪人的生活日常。灯光之外,便是黑魆魆的暗影,大的、小的、高的、矮的影子重重叠叠,厚沉沉的。那大的,大概是对面的燕山,小些的也许是树,也许是房子,也许只是黑夜。

安静的夜。我们一时沉浸在这方安宁中,谁也不说话。方才高声播报着的喇叭也歇了,它带来国内外的新闻,直直地钻入我们的耳朵。村里人也关心国家大事。喇叭歇了,村子就歇了。寻常人家里的生活都是安静的。虽然男主人也很响亮地说话,女主很麻利地收拾屋子,洗衣、做饭、搞卫生,也发出各种声响,但这些声响丢进这一村的静谧里,实在有些微不足道了。

"喵呜"一声,像在唤我们。瓦坎达和小可爱跑了过来。它们渐渐长大了,喜欢一村子乱跑,哪儿热闹就凑哪儿去。我担心它们会迷路,会跟错主人。它们却十分机灵,知道吃饭时间去"居之安",休闲时间去书院,闲得慌了就满村子乱跑,却总能在主人找寻时恰到好处地出现。朋友丢下几条小鱼,它们冲过来吃了,又仰头朝我们"喵呜喵呜"地叫。于是又丢下一条。而后,一桌人的注意力都在这两只小猫身上了。

饭后,我们在村子里走动。路灯昏昏欲睡,将街路照得不甚明了。我们走着聊着,脚步声叭嗒叭嗒跟在后面,从巷头跟到巷尾,又跟到古桥古树边。几只狗站在夜色里,仿佛在等什么,一动不动。我们以为看错了,却见它猛然间动了一动,着实吓了一跳。也有猫从柴垛上、瓦楞间经过,像深夜幽灵,悄无声息,一时又是吓一跳。后来,见着灯光下许多影子,以为又是村里的动物,喝声驱赶它们时,仍是不动,才发现那不过是灯下幻影罢了。

榫溪的月亮

　　乡下的月亮离得近些。不像城里,楼高百尺,还是摘不着。

　　在榫溪,月亮挂在千年桧树枝头,卧在孔氏家庙檐角,也爬上燕山,成群结队地掉进长流桂水。我们似乎踮一踮脚尖,沿着木梯爬上屋檐,或者跟随一阵风来到山头,便可摘着了。又或者,去桂水里捞一把。一瓢水舀起来,白晃晃的月亮在水里扭了几扭,仿佛被扰了清梦,辗转几个身。待水安静下来,它便又沉入梦中。

　　在很久很久以前,一群猴子做过这事儿。有一天,月亮掉进井里。老猴子、大猴子、小猴子连成一串,从树上倒挂下来。小猴子把手伸入水中一抓,把月亮抓破了。月亮碎成一片一片。它们急得哇哇大叫。

如
在

　　小时候,我和伙伴们也捞过月亮。我们捞起一盆又一盆月亮,却发现池塘里仍有一个,天上还有一个。

　　村里的老人说,不能用手指着月亮,否则会被割了耳朵。我很担心,在他们告诉我之前,我就指过月亮了,而且不止一次。我常常在月圆的夜晚,指着它说,好美啊,好美啊。我虽不曾说过坏话，却还是担心耳朵被割走。村里的老人是村里最有威望的人，他们说的话都很灵验。我谨慎地遵守着他们说的规矩，在月色明朗的夜晚，捂起双耳匆匆赶路。

长大后的一段时间里，我责怪老人愚昧，编了这样的谎言哄骗孩子。日渐中年，才渐渐明白看似迂腐的谎言大有深意。大概是因为月亮上住着神仙，他们用这样的方式保持最卑微的敬意，告诉世世代代村民不要指着神仙说话。那是一个人该有的敬意和教养，而我倒是在这样的教诲中，学会了不用手指着任何一个人说话。

李白的明月一定是他乡的明月。他在别人的故乡看床前明月光。大概也是乡下的月亮。城里明亮而热闹，月光会被灯光、人声、歌声、笑声挤出去。乡下的月夜才安静，才能教人思考。他应该还喝了酒，酒入愁肠，化作思乡意。醉意朦胧之间，举杯邀明月，影子落了一地。这份孤寂几人能懂？

我也在他乡看过月亮，记不清有多少次，滋味大概与诗仙相似。我在月光下赶路，看风景，思念人。这些在家乡常做的事情，他乡别有滋味。但他乡的月亮不如故乡明。它被千山万水隔远了，怎么也真切不起来。而且，他乡没有遇到故知，抬头望月的时候，它也正好在看我，我们一样的形影孤单。

　　这个月圆之夜,我们回到榉溪。我们在月下喝酒。酒是白酒,水一样的颜色,味道浓烈,像白月光。我觉得只有白酒才配得上这样的月色。我们喝着酒,看着月亮。月亮站在天幕中央回望我们,一些清高,一些孤单。月光一泻千里,给漆黑的夜穿上朦胧的外衣。白日里见到美的事物越发美了,连同丑的恶的也温柔起来。就如女子有了最是那一低头的温柔,不自禁美好起来。我们举杯相碰,目光愈发柔软。我们暴露内心的秘密,在月光的掩护下和盘托出,又借着白酒的力量,说些由衷的话语。这样的月夜,我们成了知根知底的朋友。

　　城里来的客人无限感慨。他说:"从不曾离月亮这般近。"我们望向天空,此时,月亮不在柳梢,不在檐头。它高高地站在夜幕中央,与城里的月亮一样遥远。可是,在这儿,世间万物都睡了,唯有它仍然陪在身边。

如

在

落在桦溪的雪

古村柔婉，结着一丝愁怨，兼带一点儿深沉，一点儿安逸，以及一些无可奈何。戴望舒《雨巷》中撑着油纸伞的女子也许本无愁怨，只是在结满愁怨的巷子里走，偏又碰上淅淅沥沥的雨。如此意境之下，愁怨生长，像紫色的丁香花盛开一路。佛家有言："物随心转，境由心造。"也许，在这样的古村，大可以"心随物转，心由境造"了。但待得久了，会不自禁舒出一口长气，是感慨，是离愁，是别绪，似乎什么都是，又什么都不是。而舒完了这口气，心里头便渐渐沉静下来。仿若老人家，用数十年光阴阅尽人间春色，明了人生诸事皆为小事，从此一副从容豁达态度。古村就是在这样的历练中，将愁怨一点点收拢，化开。也许，撑着油纸伞的姑娘再走过几条深巷，一伸脚跨进一场又一场活泼泼的生活里去，那份愁怨就随风而散了。

这样的村子，阳光普照时别有生气，却更适合雨雪天气。雨雪到达，那份柔婉便多了几分，真了几分。雨雪有一种特殊的力量，它能让人做回自己，让事事物物成为自己。

今冬有些冷,已是第二场雪了。下了雪,冬天才显得名副其实。而少了雪,就如一道菜少了盐,滋味寡淡。

在我们小时,每个冬天总有几场大雪——世界都白了,仿若盖了厚厚的棉被,而有时大雪封门,一脚跨出去,直没膝盖。尤其大年初一早上,大门一打开,雪景奔涌而来。我们穿上厚厚的新棉衣踏雪而去,捡拾爆过的鞭炮。皑皑白雪之上斜插着红的黄的鞭炮,有时一整个,有时半截,颇为显眼。就在昨日临睡前,家家户户用鞭炮"关门",今早又用鞭炮"开门",此起彼伏的鞭炮声响了一整夜。这是农村一个久远的习俗,逢年过节及家有喜事,都要用鞭炮助兴祈福。

我们也占领一处有利位置,拉开一场雪球大战。这是一场关系"荣辱"的厮杀,胜了就能赢得一些"权力",就能从此号召起另一群小伙伴。每个人都铆足了劲,正面较量,背后偷袭,冲进"敌营"混战,各种能用的手段都用了。雪球呼呼地从手上飞出,飞速地迎面而来,有时躲闪不及被击中,头上身上便炸开一朵又一朵雪花。几个小时后,头发尽湿,一缕缕地贴在脑袋上,不知雨水汗水,而头皮蒸腾起阵阵热气,连同嘴里喘出的白气混合一处袅袅升起。内衣不知何时湿透,牢牢地贴着皮肤,渐渐生

如

在

冷。鞋子如灌进了水,沉重不已。太阳即将下山,母亲唤孩子回家的声音此起彼伏。谁都不敢违拗母亲的"旨意"。战事自然停歇,胜负抛却不提。一场"战争"痛快淋漓,大家都过足了瘾头。我们也不敢如此狼狈地回家去,偷偷跑到奶奶家或外婆家烤火,烤干了才敢站在母亲面前。奶奶和外婆是家里最慈祥的老人,会帮助我们圆某些善意的谎言。

哥哥还给我做过一辆滑雪车。几块木板横平竖直地钉在一块儿,前面绑一根绳子,就成了一辆滑雪车。我坐在车上,哥哥在前面拉,哧溜哧溜,速度带来足够的刺激,尖叫声连连。不一会儿,许多小伙伴加入进来,大家轮流用最原始的方式滑雪,小半日就将路面磨得溜光。夜里起了冻,第二日早上结成锃亮的冰路,路过的人纷纷摔倒。我和哥哥拿了锄头、铁锹铲除冰雪,大家不停夸赞,我们高兴不已。

很多时候,我都以为,主要是因为那些大雪纷飞的日子,我们的童年才令人难忘。而现在,雪仿佛去了远方,回来光顾的次数越来越少。仔细一想,已经有好多年不曾见到雪了,也许见过零星的雪花,但厚厚的积雪终究是太久远之前的事了。

在榉溪下一场雪,是好多人期盼的事情。曾经或现

辑
二

在依然生活在乡村的人们想重温往昔岁月,到过榉溪的城里人难忘它晴雨有致的容颜,还想见一见银装素裹之下的洁净,而有许多孩子尚未见到过雪,他们多么想摸一摸尝一尝雪的味道。一场雪就这样如期而至。

乌黑的瓦片上落了雪,初如撒了一层白粉,黑白相间,黑色渐渐隐去,白色增多,成为白色的条幅,成为白色的方块。雪花就这样一步步地占领了屋顶,又将大大小小的白色方块串联起来,连成一排,或者折一折,围成一个又一个"井"。白色的"井"中央深沉沉的,仿佛对着天空深情呼唤——多落些雪吧,再多落些吧。

门堂里落了雪。古老的院子安安静静地站在雪地里,任凭白雪一遍遍地深情抚摸。那些白闪耀着光芒,一次次地照亮深沉的木门、素净的窗子、冷清的长凳、陈旧的石臼,以及院落里默不出声的各种事物。古老愈发古老,而白雪愈发白了。对比强烈的两种事物纠缠在一处,要么互相成全,要么互相毁灭。而它们之间显然是前者。还有高高悬挂着的红灯笼在风雪中微微晃动,仿佛带有一丝得意,以及门板上贴了一整年的红对联,突然在这个下雪天艳丽起来,恍若当初。大水缸立在天井中,缸沿落了雪,像长了一层白绒毛。而雪不停地下着,勾勒出古村经久不变的轮廓——狭长而曲折的溪流、安宁而静默的屋顶、交错而曲折的巷陌、庄严而肃穆的孔氏家庙、深邃而辽远的十八门堂……而不远处的梯田规规矩矩地站着,如蛋糕,层层叠叠,错错落落,层次分明而又富有美感,是大自然的神来之笔。

天地间格外安静。仿佛有人问:你那里下雪了吗?大家集体噤声,想要探寻一些关于雪的故事,或者用眼前这一场雪关联出曾经落下的雪。仔细听,甚至能听见雪落的声音,不似风声雨声的张狂,而是安静的,柔婉的,似有若无的,让人靠近不得离开不得。一场雪发布着自己独特的声音,却深锁了其他声音。大自然仿佛为了配合白雪的这场演出,挥一挥衣袖,命令世间万物稍息等候。山林清幽,偶尔一声鸟鸣刺破长空,而后便是更深远的寂静。而大部分声响锁在家里。山中无事,煮酒看雪。人们围炉促膝,温一壶今年新酿的黄酒,把酒言欢。或者敲入两个鸡蛋,加入白糖,金黄的蛋花盛开在黄酒中,香气袅袅。女人们喜欢极了这种饮品,暖身又补血。而很多盼雪的人坐在家门口看雪,等雪停了,便可出门去,不去寻梅,而是寻一寻桦溪八景之二——燕尖松雪,以及岩桥春雪。

晒太阳

在榉溪，晒太阳也叫"拌日头"，或者"伴日头"。大概是这样写吧，也不一定是对的，有时劳动人民的智慧还真解读不了。把日子搅拌搅拌就过了，像搅拌一团糨糊，稀里糊涂地过，倒也颇合"难得糊涂"之境界。或者陪着太阳兜兜转转，自它上山开始，像一颗行星围着它转动方向，等到太阳从另一个山头滑落下去，一个日子也就过去了。

冬天，在农村，晒太阳是一门必修课，是从萧瑟的冬天奔向热闹春天的必经之路。到了冬天，世界耐心地等待春天的到来。这场等待，有很多方式。植物扯掉身上的叶子，储蓄抽枝发芽的力量；动物躲入洞穴，用漫长的睡眠保存来年活动的体力。而雨啊，雷电啊，都暂时收敛脾气，显得温顺可亲，或者干脆出个远门，到地球的另一边逛逛，等待春天把它们召唤。人们忙完农事，用一整个季节的无所事事来犒劳一整年的辛勤耕耘。他们用一场又一场在太阳底下的闲坐打发时间。晒一天太阳，日子过去一天，冬天少了一天，而春天也就近了一天。等晒了一个冬季的太阳，春天如期而至。

在农村，扎堆晒太阳的大多是上了年纪的人。这里的"上了年纪"并无明显界限。有的到了七八十岁，甚至九十有余，仍然事事亲力亲为，家庭琐事、耕田种地一样不落下。他们每日忙忙碌碌的，觉得手脚尚且灵便就不算老去。他们虽上了年纪，却不承认上了年纪。有些六七十光景，觉得懒于活计了，就自命上了年纪。而有的有了一定岁数，又看透了世事，无意相争，生活清闲，也说上了年纪。

人上了年纪，就喜欢有个伴，"老来伴"大概就是这个意思。无人相伴会孤独。孤独很可怕，若偏又和老凑在一块儿，没有强大的定力是承受不了的。一个人多孤独，徒有空荡荡的四壁和空荡荡的空气听你说话，说完了只得到漫长的沉默——而沉默是最常规的回答，恍若一声延长了的叹息。就算两个人相伴，若你面对的那个人，情绪和你不在同一个频率，便会同样孤独，甚至比一个人的孤独更令人无奈。所以，人老了都喜欢把自己丢进闹哄哄的人群去，说说大话，讲讲笑话，就是不要一个人待着。碰见一个没事找事地问一声："不晒太阳去？""去呀！"又见一个，又问一声，又捎上。就这样，队伍慢慢壮大了。其实不问也会去的，在乡村，除了晒太阳还有什么大事呢。这问题就如平时见面打招呼"吃饭没"一样,只是礼节性地问询一声,答案如何并不重要,吃没吃过终究会吃,晒太阳到底也都会去的。

家里有宠物的,会跟着一起去。那些猫猫狗狗特别黏人,往往紧跟不放,主人的脚还没迈出家门,它们便冲出去摇头摆尾地等着了。在很大程度上,它们成了农村老人最忠诚的伙伴。雅致一点的捧一杯茶去,慢条斯理地撅起嘴啜一口又啜一口,再摇个头,赛过神仙的样子。或者拎个"火笼"去。几乎每个老人都有火笼,每到冬天就随身携带,一时半刻都离不了,就像手机之于很多年轻人。火笼大都是竹篾编的,讲究一点也有铜的,大概是祖传的,被几代人的手磨得发亮,上头还刻有精致的花纹。在过去,这样的人家,家境大抵比较殷实。阿婆们会绑个围裙。这围裙早上一醒来就围上了,洗衣做饭时少不了,挡挡灰尘,擦擦手,晒太阳时也不解下,也许是忘了,也许是故意的,把火笼夹在两腿中间,再盖上一个围裙,暖气在围裙下聚集不散,保暖效果不知好了多少倍。

晒太阳大凡有几个固定的"聚点",这是个约定俗成的规律。大家一直做同样的事,到底有了默契。小店门口,来往人多,七嘴八舌地聊着天,又有一茬没一茬地打趣过往的人,会增添许多谈资和热闹。或者在某几个人

如

在

家的阶沿。这样的人家得性子好，有点吸引力，无臭架子，热情有度又不至于过分，让人如归自家。阶沿要有凳子或有个旧沙发什么的，且主人也有闲工夫，会陪聊陪坐陪喝茶，甚至陪吃饭。这些"聚点"不经意成为信息集散中心，各种信息源源不断地聚拢过来，又洋洋洒洒地传播出去。他们有的带着心事来，急切地想找人分担，听听人家意见。有的带着喜悦来，分享孩子和兄弟姐妹的出人头地，甚至带点炫耀，故意扯亮了嗓子，生怕他人听不见。实际上那些耳朵尖着呢，身边人的事事事要紧，那些琐碎的嘴比喇叭传得还快，不消一顿饭工夫，早已传遍村子的角角落落。也有带着无聊来的，打发清闲而漫长的时间而已，其他事任由他人折腾。

这浩浩荡荡的晒太阳队伍里，也有不一样的人。杏坛书院的阿公，九十多了，总在阳光里读书。他像一枚积极的向日葵，跟着太阳跑，早晨在北边，中午在天井中央，下午挪到东边。一个人、一个小凳子、一本书，就能占领一个院子，以及一个太阳。他这一辈子应该读了好多书，再加上人生起落，看什么都是豁达态度。阿公不说话时，有些特别的气质写在脸上——书卷气，从容而淡定，又带点高深。言语谈话间，却是诚诚恳恳，伴有温柔的笑。他的老伴不读书，在屋子门口处做手工。她加工半成品，为两片竹子装上中间的铁丝,连成简单的衣夹。她一坐半天,"咯吱咯吱"扣动的声音有节奏地响起,像为阿公伴奏的乐曲。她常抬头望向高远的天空,望向在院子里挪步的阳光,望向低头读书的老伴。他们都不说话,偶尔远远地互相望几眼。等阿公搬了小板凳回屋来,她便拍拍手起身做饭去了。而村子里暮色四合,夜晚拉开序幕,又一个日子悄悄滑过去了。

如

在

辑三

五只小猫

　　五只小猫,四黄一黑,尚不足月。它们走得颤颤巍巍,像喝多了酒,突然一个趔趄,横冲过来,眼看就要撞上柱子了。我们少不得一阵子紧张,慌忙伸出手去扶,却又见它们摇摇摆摆地站住了。它们跳不上门槛,只能攀着角落里的一个坎儿分成几步走。它们一天到晚喵呜喵呜地叫个不停,奶声奶气的,叫得人心里发酥。我们在屋子里走,变得小心,像探地雷,稍不留神,就听见一连串的哇哇大叫——又是哪一个"马大哈"差点踩着这五个小可怜了。

　　五只小猫出生在一个婆婆家,睁眼几天便没了母亲。婆婆没法养这么小的猫,眼瞧着它们一点一点萎下去,都快咽气了,就用篮子装了送到书院来。她说:"卢老师和方山都吃素,懂的事情也多,一定能救它们。"

　　那是五个奄奄一息的生命。方山拿起一只托于手心,一小团毛发尚不齐全的肉球蜷于中央,垂头丧气的,眼都睁不开。卢老师叹息:"怕是养不活了。"

　　但总要试一试。卢老师和方山查了资料,买来羊奶,又找来注射器，撬开小猫的嘴一点一滴地注射进去。它们终于熬了过来，慢慢有了精神，一点点活泼起来。眼睛能睁开了，摇摇晃晃起身了，毛发有了光泽，个头慢慢生长。

我们见到小猫时，它们嗲声嗲气地叫着——"喵呜喵呜""喵呜喵呜"，像唤自己，又像唤母亲，顿时让人心生怜意。它们像五个小绒球散在"三乐室"角落里，待我们走近，便乖顺地停下来，眨眨眼，叫几声，仿佛这样就认识了。几只小猫会从角落里悄无声息地靠拢过来，站在我们的左边右边或依偎在脚后跟，有时不注意一个稍急的转身，差一点儿踩着。我们吓得发出"呀"的一声，跳了一脚，慌忙避开，它们跟着四散逃开，躲到角落里去了，仿若突然炸开的豆荚，豆子骨碌碌滚落一地。过一会儿又贼头贼脑地探出来。于是，我们变得小心翼翼，探地雷似的走起了猫步。

混熟了，它们便"放肆"起来，靠在我们脚边，爬上我们的膝盖，咬住我们的裙边衣角打滚儿，又跳上桌子，在上面漫步，走累了，将整个头埋进茶杯里，"咕噜咕噜"地喝水。我们不忍心赶小猫，它便埋头喝了许久，喝完后一双眼好奇地张望我们的动静，带些挑衅和撒娇的成分。有时五只小猫齐刷刷出动，我们顾不过来，只好任由它们

如

在

无法无天。而实际上，它们多么纯洁，如同婴儿，不谙世事，哪里懂得那些个规矩，小小世界里只有无尽的自由。因此，即便它们犯了错，只要眨着一双无辜的眼看我们几下，我们无论如何也生不起气来了。

它们认了阿尔法（书院里的一只狗）当母亲。它们吮吸它饱满但无乳汁的乳头，排成一溜依偎在它怀里睡觉，仿佛五个孩子靠在母亲怀里，十分温馨。

隔时再去，它们大了很多，脚步稳重了，叫声也成熟了一些，但其中三只被人领走了，只剩下一黑一黄两只。这两只有了名字，分别叫作"瓦坎达"和"小可爱"。这俩名字颇合它们性格。"瓦坎达"缘于电影《黑豹》，身手矫健，脾性刚烈。"小可爱"温温顺顺的，像个规规矩矩的小姑娘，走路静悄悄的，连叫声也是细细柔柔的。

我可惜着被领走的三只小猫。之前逗他们玩，并未刻意去识记它们的样子，觉得来日方长，日后可以慢慢熟悉，而现在任凭绞尽脑汁也想不出当初模样了。眼前这两只显然不记得另外三个兄弟姐妹，一日日地调皮活泼起来，整日闹个不停。它们成了最好的玩伴，一起追逐玩耍，一起爬高爬低，生气时相互撕咬，丝毫不留情面。那天我们正喝着茶，它们似乎闹了矛盾，一时追得满屋子乱跑，逮住了就咬耳朵，咬肚皮，扭打成一团。它们两个龇

辑
三

牙咧嘴的,似乎下足了狠劲儿要一决胜负。我们也不搭理,任由它们胡来。但过不多久,它们竟躺在我们座椅的后半部分,呼呼呼地睡着了,刚才打得不可开交的小伙伴竟又结结实实地抱在了一起。这多么像我们小时候,年纪相仿的三兄妹吵起来像仇人,黏起来像蜜糖。只不过当初我们朝夕相处,巴不得分开去过自己的日子。而今却是守在各自城里,一年到头也难得见几面了。就如那三只小猫分散到别处去了。它们开始守护各自的家,也许再也不会相见了。也不知道,"瓦坎达"和"小可爱"会不会再分开。

如

在

柿　饼

阳光好的日子,村里会多出许多竹匾。老母亲的手慢慢摩挲着,摊开黑豆、黄豆、柿子、萝卜片、番薯条。这些秋日里成熟的食物,是她一年里最满意的作品。

"啪"的一声,二楼的木窗打开,一匾柿子搬出来,一匾黄豆搬出来,晾于乌黑的瓦片之上。黄豆比较调皮,动作稍大些,它便"嘶啦啦"地从这头滚到那头,仿佛要跳出去,却被沿上的竹片拦了回来。于是,又"嘶啦啦"地滚回来。我喜欢听这种声音,像雨声,像蚕食,像豆子在笑,有人间烟火味,让人听着踏实。家家户户都在晒,都在寻找村子里阳光最好的位置。有的晒在家门口、屋后边,用两条四尺凳架起来,有的晒在四合院里的柴垛上,有的晒在路边石坎上。"一日晒到夜"的地方,是最佳位置,天色才蒙蒙亮,就有勤快的老母亲占领了。

阳光照耀下来,蒸汽升腾起来。这些晒着的食物用红的、黄的、黑的、白的颜色,装点暗沉沉的村色。又用果子甜甜糯糯的气息,调整乡村的烟火味。加上周边山间渐红渐黄的树林,一时间桦溪色彩浪漫,活泼泼的。这应该是桦溪最美的季节,比过年还要好看几分。若是将过年这个最盛大的节日放在秋日,也许会增添许多趣味。这些活泼泼的风物一下子点燃了村子的热情。而冬日万籁俱寂,虽有大雪偶来助兴,但大都在夜间随风潜入,轻轻飘飘的,且雪后愈加安静,连雪地上的脚印都是悄悄摁上去的,鸡啊,狗啊,猫啊,人啊,走过去,不留一丝声响。

这些晒着的风物中,我最喜欢的是柿子。柿子刨去果皮,红彤彤的,果蒂朝下,齐齐整整地倒立在蒸笼里(不蒸馒头的日子,蒸笼更多的用处是晒东西),一屉一屉地摆过去,一径儿摆出十多屉,如无数小太阳,又如刚出笼的"杨梅馃",那是农家办喜事时一种必上的喜馃,一时喜气洋洋。阳光慢慢抽去水分,柿子慢慢变软变糯,萎缩成黑黑瘦瘦的一团。这长而瘦的东西实在不是饼状,像一枚枚小梭子,但村里人喊它"柿饼"了。也许柿饼是北方流行过来的一个名字,北方来的柿饼扁扁圆圆的,名副其实。

自己做的柿饼黑不溜秋的,像没洗干净。白花花的糖衣又似乎发了霉。城里来的客人拿着端详好半会儿:"这个是什么?能吃吗?要不要剥掉外面这层黑的?"我们一一解答也不能消除所有顾虑,只得拿起一个塞入嘴中,他们方才照样做了。只见得一阵子眉眼舒展,一种陶醉的表情洋溢出来——他们的味蕾显然得到了最熨帖的满足,一时感叹:"好吃啊!"接着便伸手来要第二个。

柿饼是我喜欢的食物,从小到大一直爱吃。特别是小时那个缺衣少食的年代,总有几户人家自留地里长有几棵柿子树。柿子、香榧、板栗等比较大的树木,曾经是生产队里的"公树",后来被分到每家每户。几户人家共有一棵,一户人家几个枝。我家也分到一个枝,但那是香榧树。我们常常对此耿耿于怀,责怪父亲不选择柿子树。而隔壁大伯家分到半棵柿子树,让我们这些孩子羡慕了好多年。

小时候觉得有柿子树的人家就是村里的富豪,仗着一棵会长好吃果子的树挺直腰杆,底气十足。柿子盛产时节,他们会装一大碗送给我们解解馋。那段时间,他们家的孩子威风极了,简直就成了孩子王,说话做事颇有号召力。因为他们的口袋里常常装有几个柿饼,搞不好就会"赏赐"旁边的小伙伴一个。

或者运气好的话,过年时也能吃上。去别人家拜年,主人家都要请客人"吃茶"。家家户户都拿出最好吃的,花花绿绿的"茶配"摆了满满一桌。品种多少可看出一户人家的殷实程度,或者说"体面"程度,大部分果品都是买来的"稀罕货"。偶尔会看到柿饼,但过年这样的大日子,

辑三

主人都将其置于角落或者用于凑数，觉得这东西太"土"了，上不了台面。有时主人家也会包一些"回货"给客人，我宁愿不要苹果、橘子，而是得到一袋柿饼。但那样的机会竟十分少。

读小学时，同桌长得很好看，十分讨人喜欢，关键是她家还有一棵柿子树。秋天到了，她的口袋就鼓起来。我们都喜欢极了这个口袋，每日一到学校，我们的眼睛就先紧盯她的口袋。如果口袋往外鼓着，说明我们有口福了。她也十分客气，有时掏出一个软柿子，有时是几个柿饼，有时是"柿花"（其实就是柿子皮，刨下来晒干后，也是一种不错的零嘴）。她将这些分给大家，看着大家开心的样子，开心地笑。二十年过去了，我们断了联系，再没有见过面，也许见了也会认不出来。但是那个口袋，还有她的笑容，永远令人难忘。

现在，自己做的柿饼很少见了，大家都图方便，馋时买上几个。买来的大都来自北边，扁圆，咖啡色，包有糖衣，比自己做的好看。形状大小相似，大概是机器生产的功劳。但买来的柿饼总似欠了些什么，不是儿时之味。偶尔下乡看见竹筛子里晒了一些，会猜测屋子里住了一个慈祥的老母亲。大凡如此做柿饼的该是一个上了年纪的人。她们了解过去，总想用一些传统的方式留住一些东西。有时会情不自禁地捡了一个吃,却看见屋子里真走出一个老母亲,一时十分难为情地笑,想解释几句,而她先开口了:"喜欢吃就多拿一些,农村里也没什么好东西。"

而在我眼里,这些农村里的东西实在是一些好东西。

乡村的孩子

春天开始了。有阳光的日子,把八仙桌和四尺凳搬到院子的天井中。我们大大小小十来号人,围了满当当一桌。我们坐在阳光里喝茶。

同坐的俩孩子,十分有意思。她们是姐妹,大的七八岁,小的四五岁。姐姐瘦瘦的,古灵精怪,说话十分快,像机关枪,哒哒哒地向四面八方扫射,但声音清脆响亮,如百灵鸟。她也没什么规矩,指着大家"你你你"地连连发问:"你是做什么的? 你从哪里来? 你几岁了?"大人有时被问得语噎,觉得这孩子如此率真,甚至不懂礼仪和礼貌。但她十分机灵能干,会带妹妹,会照顾小猫小狗,喂它们东西吃,又怜爱地抱在怀里,夸它们乖。小的胖嘟嘟的,脸蛋红润,像挂了两个办喜事时用的红鸡蛋。她羞羞答答的,问一声,答一声,声音轻轻软软的,有时扭着身子,躲闪着眼睛,不敢看我们。但她喜欢喝茶,每每下午,就央求着大人们:"可以喝茶了吗? 可以喝茶了!"真不知道,这么小的年纪是如何喜欢上茶水的苦涩味的。

她们穿着朴素,甚至有点"土",举手投足天真任性,一看就是乡村的孩子。

边上坐着她们的父亲，一身干活时穿的衣服，旧旧的，似乎正从田地里回来，身上还沾些泥巴。憨憨的，总笑。他应该见过世面，但不世俗，很实在的样子，与我小时候认识的村里人一样，说话做事诚诚恳恳。

时过正午，太阳烈烈地照着，晒得人热乎乎的。几杯茶水下肚，愈发有了热意，汗珠细细密密地冒了出来。孩子将外衣脱了，随手挂在八仙桌的横档上，接着一杯又一杯地喝茶，一次又一次地向众人发问。

我渐渐适应这种直截了当的发问，像个乖孩子——作答。她便颇有些得意，快乐地大笑，继续找话题发问。我把老底都兜出来了，告诉她我曾经也是老师，还传授她一些管理班级的小窍门。她听到"老师"俩字，稍稍吐了吐舌头，又用手捂住，似乎收敛了一些。但马上反应过来，曾经而已："那你现在是干什么的？"我告诉了她，却见她一头雾水的样子，说了好半天也不能明白，最后便是轮到我说不清自己究竟是干什么了。

继续喝着茶，我似乎沉浸到某种思绪中去了。我记得小时候也住这样的村子，也这样天真大胆，甚至放肆可笑，因为没见过什么世面，眼里心上都是身边眼前之事，但十分快乐。在农村长大的孩子都有这种快乐。我们未

辑
三

曾踏足外面精彩的世界，以为世界就是眼前的村子，生活就是眼前的样子，我们无知而满足。

我十分羡慕这两个孩子。她们是乡村的孩子。乡村保留她们的天真，让她们"未知巧与拙"，日日沉浸于"小儿无赖"中。还有她们的父亲，那样诚恳的态度需要在这纷繁的世俗中，冲破多少藩篱才能得以保留。他也是乡村的孩子。

在槠溪，还有许多乡村的孩子。或者，一整个槠溪都是乡村的孩子。这儿的太阳月亮雨露霜雪，不必穿越重重云雾以及高楼大厦，它们十分直接地到达槠溪，到达我们身边。它们质朴而真诚，成了槠溪的孩子。经年不变的村落、屋舍、古树、古桥、古庙，还有奔流不息的桂川，在自己的时间里按照自己的节奏存在着。田间地头的庄稼，房前屋后的花木，巷陌里追逐黄蝶的孩童，随心随意的家常生活，没有过多束缚的规矩，自由横生。它们是乡村的孩子。以及八百多年前的某个日子，远道而来的孔姓家族一脚踏入这个"山高水长，泉秀土沃"的地方，仿佛踏入另一种时光里。这个历史性的时刻，注定他们抛弃从前的功名利禄，从此成为地地道道的乡村的孩子。以及后来穿越山山水水来到这里的学者、游人、艺术家和我们，都在这样一种缓慢而凝滞的时间里，结结实实地成了乡村的孩子。

如在

芭蕉绿

　　被砍平的芭蕉留下一个桩,像一棵树被砍之后留下一个平整整的木桩。树桩上的年轮深深浅浅,一圈一圈往里缠绕,越绕越小,直至圆心。那是它的起点。现在,从终点抵达起点,它的一生就这样完整了。芭蕉桩也是如此,焦黄色,如笋衣一般一层包裹着一层往最中央去,只不过风调雨顺的日子,一年可以长上好多层。一点绿意留在中心,众星拱月般,等着春风春雨来唤醒。今年芭蕉树的希望都寄托在这一点绿上了。

　　孔氏家庙后边的"百草园"里,一棵芭蕉站在角落里,紧挨着金黄的泥墙站着。这也是芭蕉树合理的位置。阴凉,可靠,不占用太多地方,仿佛它的性格,一些孤高,一些寂寞。而从美学上来说,黛瓦粉墙边,几片油油的绿叶探出身来,将沉闷打破,一时间活泼泼的。

　　惊蛰已过,芭蕉树抽出嫩芽,向着天空生长。我们担心它来不及长大,就那么一丁点儿绿,要燎原成木成林需要多少时间,恐怕不及秋天,它便重新黄了。但它似乎积攒了无穷的力量,用一整个冬天积蓄,只等一阵春风春雨唤醒它。它醒来了,没日没夜地生长。我们日日从旁边经过,日日感受它蓬勃的生命力,抽芽,长叶,长高,长大,一天一个模样。夏日刚至,它便与一二层的楼房齐平,甚至繁茂成一片绿色的小林子。

它撑开一片阴凉,脚下的植物努力生长。车前草墨绿墨绿的,紫苏散发着好闻的药香,山药的藤蔓爬满竹篱笆,金银花、凤仙花次第盛开,蜂飞蝶舞。有风经过,芭蕉树扇起硕大的扇子,将花香、草香、药香传得很远。百草园也是虫子的乐园。主人家天生一副慈善心肠。某一日看见芭蕉叶病了一般,整个儿卷成一个卷儿,像我们买来吃的蛋卷,掰开看,才发现里边住着一条大青虫。大青虫吐出许多白色的丝儿,正在做茧。主人家不想打扰它的美梦,复将叶子卷回,等待着它破茧成蝶。后面的日子,芭蕉叶卷得越来越多,仿佛长了一身卷发,而叶子上的美梦也越攒越多,终有一日梦会开花。主人也做着一个梦——或许日后这里会成一个蝴蝶园吧。

"隔窗知夜雨,芭蕉先有声。"有雨的日子,坐在一楼的后门槛或二楼的窗口,读书喝茶,听雨打芭蕉。雨打芭蕉声是行走在乡间的乐曲,滴答——滴答,声声慢,声声动听。这声音将时间调慢,将我们引向开阔的放松,仿若天地之间就剩下雨点、芭蕉,以及聆听雨声的我们。"风

如
在

淅淅,夜雨连云黑。滴滴,窗外芭蕉灯下客。"一棵芭蕉,一些闲情,农村成了生长诗句的地方。

但这是诗意的人喜欢做的事,农村人没那么浪漫。他们更喜欢晴朗的日子,芭蕉在阳光里成长,树上催生出一串果实,长得像从城里买来的香蕉。这种植物突然在这片土地上开花结果,予人的欢喜难以言喻。这片土地一直十分安静,没有太多新鲜的事情,一棵芭蕉树突然长了一串芭蕉,成了村子里的一道新闻。芭蕉的味道谁都不曾尝过,成了一村的焦点,被寄予厚望。自家的土地上成长起来的东西带着知根知底的温暖,味道一定更好。

一开始,芭蕉像一个硕大的花骨朵高高擎着。花骨朵打开,芭蕉长大,倒垂下来,不及指头长的绿芭蕉围着中间绿色的杆子,螺旋式长了一圈又一圈。我们头一次见识芭蕉的成长模式,颇有些着急地盼着它长快些再快些,最好能赶在秋天的第一场霜降之前成熟。可这果子生一副慢慢性子,慢吞吞的,慢吞吞的,似乎在成长,又似乎一点儿也没长。有些孩子心急,费尽心机掰下一个,用力抠开便塞入嘴中。而舌尖上的味道实在不好,酸、涩、苦,不免好一阵失望。日后每次路过,看两眼,每次催着它快快长,可它实在不懂我们的心,一日日还是老样子。

就这样等啊等,天气凉了,深秋来了,芭蕉叶开始枯黄,霜降之后,芭蕉折下来,落在百草园里,仍是刚长出不久的样子,只是青色的果皮被冻成黑灰色。我们等了一年又一年,终究没能吃上成熟的芭蕉。

如

在

春笋生

　　榉溪周围的山上多竹林,竹林上了规模,成为一道风景。"尖峰竹林"便是榉溪八景之一。林子下是肥沃的土地,土地下竹笋涌动。我常觉得竹笋是竹子生的孩子,热热闹闹生一年,安安静静休一年。于是农村有一种说法:去年是竹笋的"小年",今年是竹笋的"大年"。大年时节,竹笋到处都是,在竹林里,一个不小心踢一脚,滑一跤,脚尖、屁股下,微微冒绿的笋尖已冲着你发笑了。有经验的人看一看竹子枝头就能判断年成,竹叶青翠时正值大年,面黄肌瘦之时则是小年,那是竹子生累了孩子的结果。

　　村子里有不成文的规定,清明之前,不管谁家的竹林,可随意挖笋。即便外乡人来到,也可挖个尽兴。但过了清明,便封了林子养竹子。有时为了警醒他人,便在林子入口处立一块牌子,上面歪歪扭扭地写:"清明之后,禁止挖笋。"也有说话语气重些的,写"违者罚款"之类的。村里人都自觉遵守这一规则,如同遵守大自然的平衡法则。即使大家都不知这规则出于何人,源于何时,但代代相传,仅凭一句"老祖宗说的",后辈便遵照着做了。只是最近几年，竹子的用处渐渐少了，满山的竹子卖不出去，竹制品又少，挖笋之事便不多管理，顺其自然了。

　　挖笋是项技术活。技术的养成全靠经验。经验足的，去山中小半日，总能扛回一大袋，仿佛竹笋就等在锄头尖，一锄一个准。有时村人只是走进竹林去看看动静，却探出地底下涌动的信号，于是顺手挖了几根。村人将竹笋齐刷刷地站成一排，折下一根竹枝，从笋尖穿了过去，拎起竹枝，仿佛一根扁担上倒挂了一群胖胖乎乎的娃娃，乖乖地跟着回了家。村人从山中归来，将竹笋分给邻里乡亲，无异于一位从战场凯旋的英雄。经验不好的人来到山中，竹笋便欺生似的，和他玩起了捉迷藏。明明按照"高手"私授的秘诀——沿着竹鞭找寻拱起的土包，竹笋就在下头藏着，伺机破土而出。可一锄又一锄下去，除了翻出枯烂的竹叶和颜色渐浅的泥土，以及还没完全清醒的虫子，实在没什么新花样。一日下来，"颗粒"无收。我当然属于后者，好多次乘兴而去败兴而归，这么多年过去，愣是没挖到过一根笋。更恼人的是，我们翻过的林地没有任何成果，跟在我们后边重翻一次的叔叔却挖了满满一大篮子。一时见得高下，十分自惭。

　　竹笋是中国传统佳肴，味香质脆，自古被当作"菜中珍品"。竹笋的做法很多，我最喜咸菜腊肉笋。晒了一个

如

在

秋冬的腊肉金黄喷香,取三层肉及火腿心,加入咸菜和刚挖的竹笋,装了整整一大锅,架上足够的柴火。不一会儿,腊肉的浓香、草木的清香交织混杂,沿着木质的锅盖缝隙飘荡出来。最好趁热吃,锅里还在煮着,先装一个青瓷大碗,浓香脆甜的味道在唇齿间穿梭。咸菜腊肉笋十分下饭,村里人喜欢就着这么一个菜吃饭,其他菜都免了。或者米饭也免了,吃个过瘾。又招呼三五邻人一起吃:"反正锅里多着呢!"

或者油焖笋,又或者切成小丁,混在咸菜豆腐里炒成包子、清明粿的馅,清新而爽口。但一阵春雷之后,成千上万的竹笋被齐刷刷地唤醒,漫山遍野皆是,再多的嘴也来不及吃。左邻右舍、七大姑八大姨、城里工作的亲戚、走过路过的朋友,能送的都送了。留下的,焯过水,切成片,在春日的暖阳里抽干水分,做成笋干。于是,如同秋晒时节,竹匾、斗笠、米筛,一个个架出来,又用上门口蹲着的大石,溪中裸露的岩石,嫩嫩的笋片吸收阳光,抽干水分,蜷成皱皱干干的一块。女人们用袋子密封好,有的藏进柜子里,等待想吃的时候炖腊肉吃,更多的捎给在外工作的儿子、女儿、孙子、孙女,以及朋友或者朋友的朋友。

牡丹开

　　榉溪村的牡丹花要开了,因为隔壁大皿村的牡丹已经开了。这两村隔得不远,又长得相似,都是韵味雅致的江南老村。我常叫它们姊妹村。如果姐姐家的花开了,妹妹家的也就快了。姐姐和妹妹的气味是相通相投的。这些日子,天天有人从榉溪跑到大皿去看盛开的牡丹,都快把花看羞了,看谢了。他们像勤快的蝴蝶和蜜蜂,架起牡丹桥,传送两头关于花的消息。他们赞美它天香国色,绕着花枝一朵一朵地数,数了一遍又一遍,生怕数漏了。他们多么期望能数到一百朵。村里传说,牡丹开到一百朵就能引得凤凰来。他们给花浇水,培土,围着它说话,又和它合影留念。他们觉得花那么美,如果把身体凑到花前去,就会跟着变美。比如花的主人养了它五十多年,虽头发花白,但身体硬朗,皮肤红润,一笑眼睛眯成一条线,幸福得与花儿一样。都说人养了花,可如此看来,花更养人。

　　虽说牡丹被誉为"花中之王",天生有着与别的花不一样的气场。深宅大院,庙宇公园,乡村田野,随便往哪儿一站,都是一整个春天。或雍容华贵,或清新脱俗,或朴素大方,这份独特的味道随着环境走,总能将原本单调的画面调节得生动活泼。但天天来那么多人,脉脉含情地对着它看千百遍,就如集万千宠爱于一身,真有些隆重。于是,牡丹花开得红艳艳的,像女人娇羞时红了的脸。

在花下站久了,会沾染一身花气。那花气跟着成群的榉溪人回到榉溪村,来到一丛又一丛的牡丹跟前。这些熟悉的气味会催生开另一些花,就这样,榉溪的牡丹马上要开了。你看,余庆堂前的牡丹撑开碧绿碧绿的叶子,绿色的花骨朵一个接一个地冒出来,沉甸甸的,摇摇晃晃地立在枝头。花骨朵攒得严严实实,数十个花瓣互相挨着挤着,饱胀得一如金鱼的腮帮子里塞满了东西,一张小嘴圆嘟嘟的,直吐出许多粉色的花瓣及黄色的花心。如果对这些"小嘴"呼呼呼地吹几口气,花朵大概就会撑得比手掌还大。你瞧,路边的花坛里昨天的五个花骨朵,今晨就完全盛开了,一定是昨晚的几阵春风对着它们吹了又吹。

一朵花开,会唤醒另一朵花开。过去的几百年时间里,永芳堂的天井中央有一个牡丹台,四四方方,每边四米,十六见方的花坛里种满了牡丹。牡丹花开百年,每每盛开,几百朵牡丹芳香四溢,引得蜂蝶成群而至。也许还真引来过凤凰,只是我们凡胎肉眼不能真切看见而已。又闻凤凰至,幸福至,榉溪人一直安居乐业,或许正因为如此吧。后来,牡丹台拆除,村人舍不得牡丹,就来分了,种在自家门前屋后。于是,牡丹台似乎以另一种方式得以延续。它散落在村子的八个地方,仿佛一位母亲生了八个孩子,长大后独立门户,分居在村子的各个门堂。同根而生,血脉相连,沿着那些曲曲弯弯的巷弄从一个家来到另一个家,一种相似的情感把它们联系得更密切了。它们仿佛约好了似的,同时开出同色同貌之花,散发同样的气息。

　　我不曾见乡村也有如此多的爱花之人。以为他们忙于生计忙于事务,对这些无所用处的花草仅是陌路相逢,任其自然。可牡丹是何等高傲之物,喜欢洁净,不沾铁器,需阳光雨露充足,如背道而行便不再生长。当年盛况背后,定有许多人爱之心切,精心伺候。对着牡丹台住着的阿婆向我们诉说当年盛况,骄傲、惋惜、遗憾,各种情绪纠结,引得一声叹息,竟比说起过世的老伴还要痛心几分。之前年年看着花开花谢,而后便徒留追忆了。牡丹台不在了,养花爱花的习惯留了下来。习惯是最难改变的。八十一岁的人了,却将家里打理得井井有条,洁净清

如
在

爽。她引我上楼,领我挨个看房间,女儿的、儿子的、孙子的、孙女的,她将每个房间用浅色的木板装修一新,招呼他们逢年过节就回来住。我还看见窗台上长势蓬勃的多肉。那是孙女托她照养几日,可孙女再要拿回去时她便不同意了。她说可常回家来看看,但不可再拿走。实际上这份小心思里包含着什么,我们都懂。

分出去的牡丹长得极好,离得最近的长在永芳堂门口的菜地里,像离娘家近底气足,长势十分喜人,年年生发一些枝节。阿公阿婆摘菜时会多看它几眼,说几句赞美的话,仿佛对待一个老朋友。其他的也都遇到了一个好主人,被精心呵护。余庆堂前的花蕾被路人摘走了三个,主人家心疼至极,连说"难过死了,难过死了",表情里诸多惋惜以及些许咬牙切齿。她的模样那般温顺可亲,也许这辈子都没说过什么狠话,却为了一朵花打抱不平。年轻的妻子摘了三个花蕾插进花瓶,却被老公"骂死了",只能心里边盘算着烧点好吃的将功折罪。而我们,将这八处牡丹串成一条赏花线路,走街串巷,蹚水过河,天天从这家绕到那家,以至于后来,看的不仅仅是花了。就在这些花香的引领下,与村子熟了起来,与花主熟了起来。而岁月深处,关于花开花谢的秘密也逐渐明朗起来,一棵牡丹——一个人,一个家族,几个村子的美好念想。

　　花看多了,会生长出一些私心。我也如其他看花人一样,期望有一个院子,院子里有一个牡丹台,牡丹台上牡丹开,而后凤凰来。

如

在

慕　丝

　　自然界有自己的时间表,到了某个节点,花便一丛一丛地开了。四月光景,许多花已开过,玉兰、樱花、紫云英、牡丹、油菜花,以及一些叫不出名儿和没有名儿的,它们热热闹闹地开,我们热热闹闹地看。呼朋引伴的,一日三两回,如何也看不够似的。隔些日再去,却见花瓣落了一地。它们就这样完成了这一年的任务,若要再见,又得等上一年了。而隔年的花开,终究不是原来的那朵了。但总是因为它们的开了谢,谢了开,才觉生活不那么单调,多出许多花一样的缤纷来。

　　去年,第一次见到铁线莲,我就喜欢上了,因为好看。它沿着木质窗前的竹篱笆往上爬,都爬满了。花朵点缀在架子上,素白的花瓣含有些许绿意,有点儿像泛着绿的白玉,加上嫩黄的花蕊,十分素雅。它应属于新鲜花种,之前从未见过,像从城里来,有一点雅致,有一点高贵,看了好多遍也没记住模样。不像杜鹃花,从小看到大的,玩到大,折了做成花环戴于头上,或者塞一朵入嘴,酸酸甜甜的,又塞一朵,直到流了鼻血才想起大人的告诫:"不可多吃,吃多了上火!"而这火通过鼻血发泄出来,比杜鹃花还红。彼此太熟悉了,远远看见山中一片一片的红,便知又是杜鹃花开了。但也不会过多在意,任其花开花落。

大概陌生可以增加一些好感、一点神秘、一点高级感,令人有探究的兴致。比如我和这花之间,我会反复端详它的模样,会深闻它的花香,听到有人说"今年的第一朵铁线莲开了"会激动不已,会不止一次想象今年花满架子是何种模样。这些想象和感觉时而真实,时而缥缈,直到再一次联想到它的名字才真切起来。铁线莲,韧如铁丝,绽放如莲,确实像小型的莲花,花型相似,气质相似,当是花中仙子。突又觉这花名配不上它的美,一个铁字太坚硬,太冰冷,又和线字凑在一处,过于坚韧,拉扯不动,百折不断,总是很劳累的样子。仿若摘一朵花,便会花去我们所有气力。

后来,我查了一下,得知铁线莲有许多品种,有桃割、银币、慕丝、桃花水母等,花美,名也美。我不知眼前的铁线莲是哪个品种,找了一个名字对号进去——慕丝,干净洁白,有着一尘不染的气质,看来是个翩翩公子,感觉在纯洁地爱慕某个姑娘,开花也容易爆盆,色彩自带美颜效果。我却觉得更像正被爱慕着的某个姑娘,美好,羞怯而浪漫。

那就叫慕丝吧。

胡　葱

葱被视为可有可无之物，不起眼，无具体用处，有时骂人来一句："你算哪根葱！"其味道也不是人人都爱。喜欢的吃面、炒菜、下饭都要撒一把葱花，不喜欢的去饭馆，每每点菜都要再三嘱咐："不要葱！不要葱！不要葱！"它和生姜、大蒜、辣椒一样，有人喜欢有人厌。有些人天生不会吃，一辈子都学不会吃。我甚至还联想到另外一些水果，比如波罗蜜、榴梿，喜欢的日思夜想，不喜欢的恨之入骨，每每闻其气味，掩其鼻，甚至对爱吃之人也一副不可理解的态度，避而远之，滋生出"道不同不相为谋"之感。

但不管人之爱恨，植物都会顺着自己的方式生长。在乡间，有一种和葱长得相似的植物，叫胡葱。春天一到，漫山遍野地抽出许多胡葱。山坳里、田埂上、崖壁上，甚至石缝中也扭扭曲曲地挤出一些来，大有"大石压不住，春风吹又生"之顽强。它们细细长长的，密密匝匝挤在一处，仿佛地上长出的一把绿胡子。大概名字也是这样来的吧——胡子一样的葱，胡乱生长的葱。胡葱的香味比家种的还要浓郁几分,浓得有一点夸张,有一点狂野。它自小放任于乡野,尽情吸收天地精华,又有大把的时间,可以在阳光雨水里慢条斯理地生长,味道里多一点狂野也是自然了。不像大棚里的蔬菜,温度时间都被控制,生长发育之事全由别人说了算,味道也定然不是原来的了。

我们沿着金钟山的路往上走。金钟山是春天该有的模样,野花盛开,野草鲜绿,泥土的味道,花香草香,跟着春风一起飘过来。而在这春天的气息中,有一味浓郁的味道是胡葱的。低下头凑过去深吸一口,熟悉的味道传送过来。是的,熟悉的味道,陪伴多年的味道。小时候,我们也像《我盼春天的荠菜》那样盼望胡葱。每当胡葱生长的季节,饭桌上总会多出许多好吃的菜。母亲心思巧妙,会变着花样做出许多好菜。胡葱炒腊肉、胡葱炒豆腐、胡葱炒土豆、胡葱炒笋片、胡葱炒鸡蛋、胡葱炒酒糟……花样繁多。胡葱性子极好,搭上任何一味菜蔬都能完美展现自己的色香味,还能将其他菜蔬鲜味提升。有时候,我真不知道是母亲手巧,还是胡葱本就是一个无所不能的调味大师。

小时候的记忆靠拢过来,十分亲切。我们弯下身,在草丛中寻找胡葱。我们小心地抓住一根,带着暗劲往上

如
在

拔,使劲却不用蛮力。虽说是野生之物,却也纤细脆弱,若是用力过猛,胡葱就会被拔得支离破碎。而如果拔得巧妙些,或者碰上土壤特别松软之处,会带出一个小球,剥去外层的皮,小球像小型的洋葱,雪白剔透。小球上还长着一些白胡子,这就是胡葱的根了。不一会儿,就拔了一大把。深吸一口,好浓的葱香。手心里握了一会儿,一整日里葱香四溢,即使用肥皂清洗亦是去之不尽。若是在我们怀里松松软软地躺一会儿,那么这个怀抱也是属于葱香了。我们不得不笑着摇头:"山中的事物总是那么任性,一时半会儿就霸占了我们的身体。"

晚上回家,细细剥去裹在最外面的表皮,择去发黄的葱尾,用水一冲,放在砧板上,绿莹莹的,光这鲜亮的颜色已占去我们五分心思,再炒一盘胡葱土豆,炒一个胡葱肉,下一个番茄蛋花汤,撒一把葱花,人间至味应如此,一时把我们整个儿心思都占全了。

辑
三

芍药花开

　　不知何时开始，榉溪村民开始关注每一种花开。在农村，这是一件雅事。农闲时节，当大家坐在自家院子里聊着花事的时候，人也就跟着雅了起来，像读过书肚子里有些笔墨，闲来无事摆弄一番，吐出的都是幽兰之气。牡丹花开说牡丹，鸢尾花开说鸢尾，时间就这样过了三月和四月。这回说的是芍药，一晃已到五月了。

　　他们说，芍药，别名别离草，被人们誉为"花仙"和"花相"，且被列为"十大名花"之一，又被称为"五月花神"，因自古就作为爱情之花，现已被尊为七夕节的代表花卉。别离草，自带伤感的花名。一朵花，一场别离，漫山红遍，多少离别意。我在书中读到写彼岸，花叶永不相见，代表别离。老家后园里有一大片彼岸花，每年花开，嫩绿的花茎高高擎着慢慢张开的花朵，十分雅致。我喜欢极了这种花，常常跑去看，或者折了戴在头上，后来读到花语，才有意远之。我不喜欢别离。突然发现一直喜欢的芍药亦称别离草，一时生出许多复杂情感。

　　我自小喜欢芍药，却不知这些，只是一味地喜欢，而大多喜欢都是没有理由的。芍药花美,比牡丹少些富贵气,袅袅婷婷长在乡间,给暗淡的土地、暗淡的村子增添不少情趣。它大概天生就属于乡村,多一分太妖,少一分太土,是一个打扮得恰到好处的乡村姑娘,有一点朴素,一点娇嫩,还有一点如春日暖阳的明媚。且花香馥郁,摘一把插入花瓶,整个家就充盈着花香。

我小时候喜欢把芍药摘回家,尽管大人一再告诫:女孩子不可摘花养花,否则会肚子疼。他们说这话的时候神神秘秘的,让人不懂。后来有人悄悄告诉我,那"肚子疼"指的是生孩子时会疼得厉害,那是被摘的花儿复仇来了。我曾一度害怕,而一旦花开就管不了这么多,再说生孩子远着呢,或者干脆就不生孩子了。我一年又一年地摘了芍药插入花瓶,直至花谢,再等来年再折。在这样的期盼和等待中,我慢慢长大,恋爱,结婚,生子,日子像水一样静静流淌。我还是喜欢摘花养花,也偶尔想起小时候大人的告诫,虽不能全明白两者之间的联系,但也许一朵花开就如一个母亲孕育孩子一样,值得被善待。

从榉溪回城的路边,有花田半亩,花事正盛。不知主人家是种一片药材(磐安盛产中药材,有久负盛名的"磐五味",芍药是其中之一),还是种一片花田,就为了养着看看。但榉溪人素来爱花养花,从这一点来看,后一种原

辑
三

因居多。很多时候,人的精神需求大于物质需要。我停车"顺"了一把。我以为"顺花"不是什么坏事。花那么多,匀一点回城里,会照亮另一片天空。再说,折去花枝,营养和力量集中送往根部,会让纺锤形的块根更加发达健壮。那是一个农民看重的东西。

我选择花骨朵及将开未开的花蕾,这样可以养得长久些。回家找了陶制的矮圆花瓶插进去,十分相衬,置于茶桌上,家里明亮起来,像春天又像夏天。年年花开都是这般场景。仿佛往年的花事来到了今年,或者今年的花开到了过去。坐于花前,浓郁的香味飘过来,内心欢喜。孩子嫌花香过浓,我却以为这天然的香气,总要浓郁些才能触及深处。而这是一丛多么积极的芍药哇,仿若一刻不停地喝水,送至叶片,送至粉紫的花瓣,送至半开以及攒得严实的花骨朵。一个转身的时间,一朵花打开,继续打开,像一把倒置的小伞撑开到手掌般大小。十余片花瓣一片一片地舒展开来,直到完全摊开。中间的花蕊一支支立起来,像一枚金色的小太阳。又一个转身,又一朵花开。大概我们与花之间就隔着一个转身的距离。因为当我直直地盯着它们看时,它们纹丝不动。而当我们走开拿了一本书,喝过一杯茶再回来时,一声惊喜:"呀,花又开了!"

插入花瓶的芍药比地头的开得更快些。三两日后，芍药显出颓废之气，花瓣渐渐失去水分，失去光泽，开始微微起皱，而后，稍一触碰，便簌簌落了一桌，一起落下的还有金黄的花粉。这多么像一个女人，美丽的、精彩的一生倏忽过去。而当我又来到榉溪，再路过花田，花田里的花事依然热闹。但也许那天开着的花已都谢了，此时看到的已是后来开的了，只不过这前赴后继的开开谢谢间，后来的热闹掩盖了逝去的落寞而已。

辑

三

看天做香

我很遗憾，没能跟"做香婆婆"做一次香。

我不知"做香婆婆"真名，见大家都这么喊也就跟着喊了。也许很多人和我一样不知其名，或者原来知道的，慢慢就忘了。他们之间或许是老邻居、村里人，或是认识不久却深交的，或如我一样陌生的。很多人就是这样被生活和时间丢掉了原来的名字。但不重要了，他们丢掉名字的同时，会换上另一个名字。比如只要叫一声"做香婆婆"，她便乐呵呵地应一声。有时候，一个人做久了一件事，做成了一件事，便和这事再也分不开了。我们看见相关事物会想起这个人，看见这个人会想起相关事物。比如曾经书上读到"豆腐西施"，后来每一次路过豆腐摊，总会希望卖豆腐的转过身来有娇羞可人之态。

做香婆婆做了一辈子香。从隔壁大皿村嫁过来后，开始跟着她婆婆做，现在八十多岁了还在做。最初做香兴许是冲着好玩，那时候年轻呀，年轻就是资本，有时间精力，又对事物充满好奇。或者为人媳妇后像学习做饭洗衣持家一样，学习一门新手艺。但又算不上手艺，农村

如

在

人大部分靠着手艺吃饭,而做香管不了人吃饭,只能如现在人所说的发展一下业余爱好。农村媳妇也是要上得厅堂,下得厨房,最好还有一手绝活。为人媳妇后,事事处处需要更为努力,才能在一个陌生却要住一辈子的村子里站住脚。

做香婆婆嫁入榉溪后,相夫教子,勤俭持家,生活过得幸福。可丈夫在四十多岁的时候突然生了一场重病,于是开始漫漫求诊问药之途。世上路那么多,唯独这一条,茫然、无助、痛苦、无望。辗转多家医院,被告知无力救治后回到了榉溪。这时,做香婆婆心中灰暗,不知该求助谁。某一天,实在无奈,就来到一个庙里,面对菩萨说出心里话。她仿佛找到依靠,一下子轻松了许多,后来,她丈夫的身体竟然一点点地好了起来。一家人大喜。某一天,做香婆婆发现买来的香有刺鼻之味,闻了令人不舒服,还辣眼睛。她便决定自己做香。

做香工序烦琐。大致程序如此:上山采香叶(学名木姜子叶),香叶晒干、捣碎、过筛,茯神木捣碎、过筛,加入柏木粉,和上香泥,上签,晒干。这些用文字表述出来的程序,简洁明快,分秒之间可以说清楚,但实际操作起来,至少需要七个大好日子。所谓的大好日子需天朗气清,若是碰上阴雨天则另当别论。在农村,做点事情,

辑
三

还真要靠天气、靠运气。婆婆做了几十年香,总结出一个道理——看天做香。老天眷顾的时候,事情十分顺利。当然,老天常常眷顾她。

时间久了,跟做香婆婆一起做香的人渐渐多了。她们成了做香婆婆的好姐妹,用现在的话来说就是"闺蜜"。这些好姐妹大部分知根知底,大都来自隔壁的大皿村。做香婆婆嫁入榉溪之后,常常回大皿探亲。探亲时看见谁家姑娘长大了,就留意说给榉溪的男子。一来二去,好多姻缘就这样促成了。同一个村里长大的女子来到另一个村开始另一种新的生活,心里头滋味复杂,新鲜、陌生、胆怯、欣喜,什么都有。而这个陌生的村子里有了一群相知相惜的好姐妹,一时便如有了可靠的港湾,给生活增添许多温暖。

她们大都比做香婆婆年纪小些,但颇为投缘,一起说话,也一起做香。一开始,所有工序大家一起完成,每到做香日子,院子里就跟过节一样热闹。后来,做香婆婆年纪大了,爬不动山了,上山采香叶的事情就由姐妹们代劳。香叶采回来了,晾晒在院子里的竹匾上,散发出好闻的味道。大家洗净了手,翻晒香叶,耐心地按着一道又一道工序开始又一个七天之旅。一抬头,太阳正在蓝天中央挂着呢——嗯,又是一段大好日子。

如
在

我实在期盼有这样的机会,虔诚地做一次香,常常路过做香婆婆家门口就表达一次。

　　"你来跟我们做呀。"她那样慈祥地喊我。

　　"好呀好呀……"我答应多次而未能如愿,心中多有愧意。

婆婆种的多肉

妹妹和许多年轻人一样,对多肉植物上了瘾。她在院子里养各个品种的多肉,养成一个秘密花园。我们很羡慕,觉得她十分富有。有一天,她给我送来好多,一下子把阳台挤满了。她说,若不是车子装不下,还可再拿些。但凡养花之人爱花心切,而她那般慷慨地送我,心里头自然十分欣慰。这些造型别致的多肉颇为可爱,是花了很多时间和精力调教的,却一下子都成了我的,仿佛她养下的孩子跟了我,一时有了共同话题,多出好多亲密的言语。她又仔仔细细地交代了养"肉"方法——放室外,死命晒,少浇水。所谓的经验不过是通风和暴晒。想起之前种的多肉总是不了了之,觉得惋惜,原来都是我们爱之过甚,每日照料过于精心,终究不能长久。养花和其他许多事一样,多些随意与空间反而更好。又有一次,她挑了两盆"她自己最喜欢的"送我,我算夺人所爱,却十分自豪。每次看见这些多肉,仿佛看见我们姐妹虽相隔遥远,却始终有一些东西维系着。

在榉溪,有一个婆婆养着许多多肉,一时成为美谈。

如
在

我觉得有趣,多肉是近些年流行起来的一种事物,有些时尚,属年轻人喜好之物。一个上了年纪的婆婆应该养些牡丹、凤仙花、菊花什么的,这些花比较家常,在农村里流行。而多肉大都属于城市,文雅又带有一点小资,农村并不十分常见。后来了解到,原来是她孙女养了很多多肉,要出差没人照管,于是送回老家托奶奶管着。

　　长辈自然十分愿意为晚辈做些事,或者渴望晚辈有求于她。这种被需要的感觉,会让她精力旺盛,一下子年轻十岁或者更多。她觉得,时间并没有抛弃她,她是有用的,她正在被需要。当城市的空间和时间受到限制时,我们把各种东西,以及孩子送回乡村去。乡村处在山野之中,未曾立下过多方方正正的规矩,天大地大的,给予我们更多随心所欲的空间。就这样,奶奶养育完儿子、女儿,又开始养育孙子、孙女。她用一辈子的时间,练就云淡风轻的耐心,又积蓄了数不尽的宠爱。她把这些耐心和宠爱悉数给了孩子,孩子过得逍遥而又自在。她领着懵懂的孩子们认识房前屋后的花草树木,田间地头的庄稼作物,山林之间的鸟兽虫鱼。她陪着孩子数满天的星星,和孩子讲嫦娥奔月和牛郎织女的故事。她陪着孩子在泥巴堆里挖虫子、堆城堡,一陪一整个下午。她和孩子一起穿上雨鞋将小水塘一个一个踩过,一起追赶弄堂里

辑
三

闲逛的鸡鸭猫狗，看着它们四下逃窜而拍手大笑。奶奶将孩子养成一个真正的孩子，也将自己变成一个快乐的老小孩。可以说，这是奶奶最幸福的晚年生活，也是一个孩子接受最早的自然课。这一门博大而精深的课程，却在嬉闹玩耍中学习，颇为有趣。这种放养于天地之间的教育，总让孩子沾染一身灵气。

孩子长大，回了城里上学，对乡村仿佛有了根，走得再远也会想念。他们将小时成长的乐园称为老家。他们常回老家去，有时看山看水，有时下田耕种，有时什么也不干，就到处转转玩玩。他们给奶奶带来城里的商品——饼干、牛奶、水果、衣服，有时也送回来他们的心爱之物。奶奶的家因此变得丰富而热闹。奶奶替孙子孙女们养过鸭子，养过兔子，养过猫，养过小仓鼠，也种过花，种过菜。奶奶那么精心地照料这些被托管的宠物，往往将它们照料得极好。每当孙子孙女回家，宠物成了维系祖孙情感的纽带。他们常有说不完的话题："它喜欢吃什么呀？""喜欢干什么？""爱睡觉不？"……奶奶笑着一一作答。孙子孙女回家的次数显然多了起来，回不了时，就打电话问长问短。奶奶一天到晚忙忙碌碌，但十分开心。

多肉到了奶奶家，齐刷刷在八仙桌上摆开，屋子生动起来。奶奶高兴，十分认真地照顾多肉。她将它们放在二楼朝阳的窗口,日日接受最好的阳光,她严谨地遵守养"肉"规则,按时浇水施肥,多肉长得欢天喜地。孙女经常打电话回来,询问多肉的情况,也询问奶奶的情况。奶奶幸福而满足。她感觉和孙女从来不曾这般近,她们成了无话不谈的朋友。

某一天,孙女提出要将多肉拿回去自己养。奶奶不同意了。养植物也是可以养出感情的。再说,孙女将多肉养在老家,她便会时不时地牵挂着老家,偶尔回来看看。如果多肉回了,这些场景也许会跟着不见了。奶奶已不习惯这样的不见,说什么也不同意。孙女只好让步。

一年之后,我来到奶奶的窗前,看见窗台上的多肉长得十分热闹。奶奶看着这些多肉总是神秘地笑。我觉得这是一个颇有"心机"的奶奶。

辑
三

芒花满山坡

六七月份,好多山头突然白了。不是雪一样的纯白,而是在白中掺有一些米色,是米白的样子。这样的白在六七月的艳阳下,不至于耀人眼睛,却比银装素裹的雪景多了一些温和,让人愿意靠近。那些白又是灵动的,有风吹过的时候,它们就摇摆起来,恍若一群有着杨柳腰的女子在舞蹈。它们撒出许多细细碎碎的花絮,这场景令人想起"天女散花"。飘飞的花絮有些落在近处,就在脚下,仿若对这片土地爱得深沉;有些跟着一阵风做长途旅行,落在山头、溪畔、田野、丛林,也飘进我们的门堂、弄堂,爬上黑黝黝的屋檐。它们歇下脚来,等待另一阵风另一阵雨将它们唤醒。于是,当你穿街走巷往山中去,在溪边、在树下、在田间、在深谷,陪伴你走一路的就是这些招招摇摇的芒花了。或许,还有一棵就站在白鹤庙的檐角,温柔地看着你走出去,又走回来。

这是一种铺天盖地的壮观。从沙溪到桦溪的路边,桦溪去往双峰的山头,以及桦溪的四周,到处都是芒花的身影。我们惊叹于一种植物强大而旺盛的繁衍能力,也佩服它能将这样赤裸裸地扩张地盘展现得自然而然。它们看起来柔弱无力,却暗藏有一股子无可比拟的力量。也不知潜伏了多少季节,等我们发现时,它们已占领所有可以占领的地方,连同我们望向山野的目光,全都被它们占据了。

我不知村里人会做何感想,不知他们是否会担心,担心某一天它们的势力持续扩张,会占领人们赖以生存的家园。但实际上,芒花默默遵守着一些规则。它们从不干扰人们的生活。比如常走的路,种着粮食的土地,以及管理精致的花园果园,它们退而避之,只在那些荒芜的地方悄悄填充纤细而庞大的身影。

我以为这是一种别致的美。我常常在行驶的车子中,靠着车窗,贪婪地看着它们。它们离我这么近,差一点就要拂过玻璃窗,仿佛一只只纤细的手伸过来想要抚摸我的脸。我也想伸出手去握上一握,就像人们初次见面那样客气地握手,却见它们匆匆过去,继而至窗前的已是另一丛芒花了。我也坐在老屋的院子里,望着对面的远山一阵又一阵地"下雪",那荒芜而绵长的诗意落便满了远山。我还折下一把芒花,带回家,插入陶制的老旧大茶缸。那大茶缸躲在废弃的角落里很久了,除了经年的灰尘经常光顾,很少有人会记起。它在日复一日的空闲中韬光养晦，给自己镀上深色的釉。我找出它来时，它浑身灰黑，一副老态龙钟的样子，仿佛穿越好多时光。我将芒花插了进去。蓬松松的芒花站在大茶缸里，仿佛一朵盛开的白蘑菇。我不承想它们站在一处会是这样美，仿佛两个朴素而孤单的魂灵，一直寻寻觅觅，终于觅到了知音，顿时风情万种。于是，在榉溪，好多人也做着一样的事情，比如蓝莲舫、杏坛书院，或者九思堂。

　　但在我小时，并不曾见这样漫山遍野的美。那时候的芒花仿佛和我们捉迷藏。它们去了哪里？

　　小时候，母亲常告诫我们，要小心芒草，它们是一把把带着细小齿轮的刀片，当它滑过我们的肌肤，就会毫不留情地切开。我们听了母亲的忠告，细细观察一番，果然看见细长的叶片边缘锯齿一样的存在，据说鲁班也是由此受到启发，发明了锯子。那么，那一丛丛长势茂盛的芒草，就是一把又一把锋利的锯子，从此我们敬而远之。但孩子贪玩起来就忘了任何危险，我们常常不经意地拉扯锋利的叶子，瞬时，一阵刺痛穿越身体。我们细看之时，手上已开了一个口子，鲜红的血液冒了出来，凝成血珠子挂在伤口上。看似柔弱的芒草给我们的童年上了难忘的一课。从此，我们会谨慎些，也将这些经验告诉比我们还小的伙伴——那些草都是刀子。但我们明明看见，一些

如

在

大人一手拿柴刀，一手抓过一把芒草，柴刀朝着芒草的根部画一个半圆，碧绿的芒草便乖乖地待在手心。他们将芒草像稻草一样捆扎成一把又一把，再挑回去。有些用来盖草房，有些给庄稼堆肥，有些喂给家里的老牛吃。这过程熟练而自然，没有什么痛苦表情，有时还哼几句山歌。我突然觉得那些大手有一股神奇力量，他们轻易地用一把快刀征服满山的"快刀"。

扒开那些手细看，皮肤黑而硬，长满老茧，数不清的伤口纵横分布。有些伤口已经好了很久，忘了疼痛。有些还是新鲜的，微微发红，像咧开的细长的小嘴，仿佛在叽里呱啦地叫嚷着。大概几天之前留下，可能因为芒草，也可能不是。田间地头处处暗藏危险，受伤在所难免。新伤口交错着旧伤口，旧伤口覆盖着老伤口，每一道伤口都有一个故事。这是一双写满故事的手。这些手曾经也一定细而嫩，第一次握住芒草的时候，数不清的刀子划过细嫩的皮肤，疼痛接踵而至。疼痛之后，伤口结了痂，新的皮肤长出来，像趴着一条条白花花的虫。他们在疼痛中学会隐忍，在隐忍中学会坚强。那双手开始蜕变，变粗变厚，变得力大无比。同时，一种新的身份在形成，他们开始和土地，和庄稼，和山野握手言和，成为贴心的朋友，从中汲取生活的资本。他们在岁月里把自己反复打磨，

辑

三

像打磨那把收割芒草的刀。他们磨啊磨，终于把自己也打磨成一个地地道道的农民——强壮而有力，坚韧而勇敢。他们一次次地向山野出发，在田间，在地头，在山林，在溪流，像一棵芒草随处可见忙碌的身影。他们用心伺候土地，养下孩子，养下一个家，一份简单的生活。直到有一天，他们变得像芒草一样柔弱弯曲，走起路来摇摇摆摆，弓起的背仿佛扣了一口锅。他们知道另一种人生已经开始。他们开始放弃，就像放任芒草的生长一样。

　　放任芒草的还有村子里的老牛。曾经家家户户都养牛，耕地，驮粮，它们是干农活的好帮手。芒草是老牛最喜欢的食物。牛一直温顺可亲，对食物的选择却有自己的主张。它们伸出粗壮的舌头对着芒草飞快一卷，芒草进了嘴里，草尖挂在嘴边，仿佛长了一把绿油油的胡子。而后"呼哧呼哧"一阵咀嚼。草尖进了嘴里，装进硕大的胃。它们像一群收割机，比那些粗壮的手还要敏捷，一会儿就收割了一大片。那时候的山路、田埂总是光秃秃的，那是老牛立下的功劳。还有村里的老奶奶等到芒花开过就上山去，和我一样去采芒花。只是我采的是一种情致，她们采摘的是一种生活。她们一担一担地挑回家。芒花回了家，晾在柴垛上，立在道路旁，抽去水分，拍净柳絮一样的花朵，用绳子扎成一个又一个扫把。扎好的扫把，白

如

在

花花的,齐整整地站一排,仿佛一群胖娃娃。它们有些送了邻里乡亲,有些来到集市,去了别的乡村、别的人家,有的甚至来到城里。城里住着许多乡村出来的人,他们用惯了这样的扫把。

　　而现在,农民不割芒草了,老奶奶不扎扫把了,老牛成了罕见的动物。唯有那芒花遍野盛开,漫过一个又一个山冈。

辑
三

危　房

　　两个大红的字刷在墙头。其个头庞大,像是要用它的大来引起路人注意,但筋骨绵软,题写之人似乎十分着急,生怕在写的时候,发生一些不可预见的意外。他歪歪扭扭地写完就慌忙撤了,似乎还打了一个趔趄,把最后一画勾画得毫无章法。临走却又想起什么,匆忙添上一笔,再次发出信号。那是一个血红的惊叹号,如一把匕首,晃人眼睛,像要张开嘴,大喊出来:"危房!"

　　这危房处在一条小弄的中段。小弄深深,局促而狭长。两边是鹅卵石叠成的墙,高高立着,千千万万的石头组成密密麻麻的石林。它的狭长衬得两边的墙陡然间长高了许多,我们需仰直了脖子方能看见阳光斜挂在墙头一角。一个人走过去,啪嗒啪嗒的脚步声唤起一串回声,仿佛身后跟着一长串迈着相同步子的人。这声音愈发将小弄拉扯得绵长而幽静,恍若绵长而幽静的时光。

　　石墙在这里好多年了,被岁月浸染得灰溜溜的,有如上了黑灰色的釉。石缝里塞着的黄金泥,镀上岁月的颜色,也变得灰灰的,长得越来越像石头。时光也是一个粉

如

在

刷匠,它将鲜艳的颜色调暗,暗到看不出本色,直到暗成灰色、黑灰色、黑色。往往看见这些时间的颜色,我们就知道了事物的年纪。荒芜久了,无人问津的地方就会长出一些草。比如眼前这堵墙,石块与石块交接的缝隙中间生长出许多杂草。说它杂,是因为它们随处乱长,毫无规矩;或者诸多种类混生一处,杂乱不堪;又或这些草入不了《本草纲目》,入不了花园、菜园、花瓶、花坛,甚至入不了人们的眼,最终连个名儿都没有。但它们又十分"贱",一丝水分、一厘泥土,或者几粒天空落下的灰尘便能抽根发芽。有风经过,杂草招摇,仿佛石墙捋了捋胡子。

　　大部分墙长得沉稳。一个马步扎下去,脚下生根一般扎进土里,仿佛一棵树,树根在黑色的土地下,如青筋毕露的大手寻找最牢固的依靠,一寸一寸扎进土地深处。从此,它们根深蒂固,一站便是很多年。年份一久,竟记不清已站了多少年,还要站多少年。有些墙轻浮些,看似也扎下根去,却只是摆摆样子,与表面的土地客气地握了一把,徒有花架子罢了。根基不牢,几年,几十年工夫过去,它便把持不住,身子开始一点一点地倾斜。起初缓慢些,一度两度地斜,不仔细看尚不能发现。后来速度加快,斜了十来度,墙中间还鼓了出来,像一个发福的中年男人挺了个大肚子,颓废的精神状态也跟着到来了。主人家慌了,急忙另寻住处。村里人也慌了,写上两个红色的大字。过往的路人脚步急促起来,匆匆跑过,或者干脆绕道而行。

这明晃晃的红字挂在墙头,衬得石墙愈加灰头土脸,仿若失去魂魄的老者,一点点地萎下去,萎下去。都说人的老去是从精神的萎靡开始,那么一座房子老去,大概是从它被叫作"危房"的那一刻开始。那一刻,它觉得自己走完了所有路,没有价值了,令人畏而远之了。它跟过往挥手作别,精彩的、落寞的、苦痛的,都过去了,如一阵烟飘远了。它为自己关上了一道门。

这像一个人过尽了日子,再无新鲜事物,一时间空洞起来。家里的人去了新房,能用的家具搬走了,留下缺胳膊断腿的横在地上,弃在角落里,奄奄一息的气味蔓延开来。一日日依然陪伴着的,只有从前那些记忆罢了。泥房曾看着空荡荡的四壁丰盈起来,在灶头、床头、八仙桌上、箩筐菜篮子里布置出柴米油盐的故事。它看着一个人出生,看着他长成汉子,看着他娶妻生子,置下家业,看着一个家繁衍成两个三个家,直至一个大家族。它也看着新人进来,老人出去,悲欢离合,生死交替。它辉煌过,落魄过,哭过,笑过,闹过,泄气过。现在,终于暗淡下来。

如
在

也许再过段时间，来一阵风、一阵雨，就可以把它带走了。它只是在等一个机会，一个倒下的机会。但也许，一堵墙与一个人一样，弥留之际，命突然就硬了起来，有时奇迹一般突然间有了精气神。有时却是拖泥带水，一点一点地耗尽生命，本来很快的一件事突然又长又慢。也许再待个三五十年都没问题，也许更久。但等它倒下的人耐心不会那么多，某一天，他叫来一群人，个个抢了锄头、铁锹对准它，在"一二三""一二三"的号子中，墙前前后后扭曲了几下，终于倒下了。

　　倒下的石墙升腾起一股烟，仿佛叹了一口气，忧伤地吐出来。气尽了，筋骨也断了，乱石散了一地。许久之后，这个地方会重新长出一堵墙，一座房子，房子里会重新有生活，有歌声，有笑声。又许久之后，它又会被重新写上"危房"两字。人们又出去，又回来，周而复始。

辑
三

搓衣板

　　一说起搓衣板,马上会联想到"跪"字,连在一起——跪搓衣板。这是女人发明的一种酷刑,专用于惩罚犯了错的男人,这里的男人一般指家里的。但古话说,男儿膝下有黄金,要令其乖乖受罚,怕是那女子要有相当的御夫术,或者大概是男人真的犯下了大错,悔悟过来后自愿成分居多。但我从未见过,仅是反复耳闻,某男回家晚了,便有人告诫:"小心,回家跪搓衣板!"或者某男在酒桌上喝多了酒,言语动作轻浮起来,又听见:"小心,回家跪搓衣板!"或者某男在牌桌上手气不佳,屡战屡败,于是,"小心回家跪搓衣板"的声音开始此起彼伏。而后,"跪搓衣板"固执地成为我潜意识里惩罚男人的主要手段。

　　平整整的一块木板特意凿出纹路,横向的,像楼梯,像一垄一垄的农田,一垄高高隆起,垄与垄之间深深凹陷,或者像一条又一条沟壑,深深浅浅的纹路增加摩擦力,衣服置于上面揉一揉搓一搓,灰尘啊,污物啊,就被挤出来了,黑灰色的水渍沿着沟壑流出来,搓洗几次便干净了。搓衣板就这样成为洗衣的得力助手。它凭借这非凡

如
在

的能力走进千家万户,在过去,几乎家家户户拥有一块或几块搓衣板。

但若是将膝盖放上去,然后用这两个相对脆弱的部位代替双脚,承载起整个身体的重量,估计膝盖会喊酸喊疼。而一旦作为惩罚,少说也得跪上一个时辰,多的就说不清了,否则有何诚意可言。可以想象,黯淡的灯光下,冰凉的泥地上,孤单的身影,一颗不安的心,而膝盖终究不是自己的了……

当然,这些都是道听途说,大概都只是玩笑话罢了。一家子难免磕磕碰碰,谁都有犯错的时候,而那些搓衣板也只是嘴上说说的搓衣板。

榉溪的搓衣板老实巴交地承担起洗衣之职责。它经历几代人之手——大多是一个家庭的母亲。她操持家务,生儿育女,孝顺公婆,是一个家的中坚力量。她为一个家默默付出全部,从无怨言。她将公公婆婆的衣物置于搓衣板上揉搓,将丈夫、儿子、女儿的衣物置于搓衣板上揉搓,将孙子、孙女的衣物置于搓衣板上揉搓,搓啊,洗啊,仿佛日子不过是这样搓搓洗洗。日子如水流逝而去,年轻的母亲成了年迈的母亲,头发花白,弯腰弓背,一双手布满皱褶,洗起衣服越来越吃力。慢慢地,家中长大的女儿或者新嫁入的儿媳会代替老母亲的角色。她们在腰间挎一只大木盆,右手拎起一块搓衣板,来到宋代水井旁边。水井边,已有好几位妇女蹲着洗衣服了,也有的带了小板凳坐着。井里的水不断地被打上来,清亮亮的,呼啦啦倒入木盆,而后搓洗,涤清,拧干。女人们动作娴熟,富有劳动的美感。她们清洗衣物上的秽物,也在七嘴八舌的交谈中,清洗心中的烦郁。一个清亮的早晨之后,心境如同洗净的衣物一样清清爽爽。

她们也端着衣服来到溪边,挑选合适的场所。溪中常有一些裸露的大石,又平整又光滑,许多妇女都在上面洗衣,把石头洗得十分光滑,像打了蜡。她们脱了鞋,双脚泡进溪水中。她们将衣物抛入水中浸湿,捞起后置于石头上,用棒槌反复捶打,黑乎乎的水渍挤压出来,顺着石头流入水中。倏忽间,水里长出一朵朵灰色的花,又在转眼间化开,被淙淙的流水冲散了。这些干农活穿的衣服,比较粗重,洗起来总要多花些气力。有的还打不干净,要继续用刷子反复刷,再铺于搓衣板上来回揉搓。别以为洗衣服是一项细致活,是适合女人干的,实际上它是一项粗活、重活,颇费力气,一大家子的衣服洗完,往往腰酸背痛直不起身来。但母亲们,以及未来的母亲们从来不吭一声。她们把好吃好玩的留给家人,脏活、累活留给自己。母亲们隐忍而伟大!

后来,村子里有了自来水,有了水槽,水槽边又有了一块水泥浇筑的"搓衣板",纹路相似,功能更好一些。它是相对固定的,不会因为使力不均而跑动。再后来,洗衣机差不多普及到每家每户,水井旁、河埠头的浣衣场景逐渐成为风景。也许有人期盼,也许无人欣赏,但都成了错过的风景。

　　经历几代巧妇之手的搓衣板终于完成使命。完成使命后,被舍弃成了宿命。它们被塞入阴暗的角落,被束之高阁,被劈成一块一块的柴火,被塞进灶膛里。它们发出红火火的光,将一顿生米煮成熟饭,也将自己化为灰烬。化为灰烬的除了当初皱皱巴巴的模样,还有供人搓洗的能耐。就这样,都消失了,就一顿饭的工夫。眼前遗留的这块搓衣板幸运些,也许主人家记得那些不断搓洗的日子,舍不得将之付之一炬。也许只是生活太忙太乱了,每日有太多重要的事情要做,记不起那么多。终于有一天,几个富有好奇心的人们把它捡拾起来。他们欣喜若狂,仿若捡拾到一段曾经的岁月。它被恭恭敬敬地"束之高阁",当作宝贝一样供起来。

　　当然,过来人都知道,供起来的绝不仅仅是一块搓衣板。

一口土灶

早年的房子里都会有一口土灶。一楼里边靠墙根靠后门处，有一大一小两口大铁锅，人口多或者家底殷实些的人家还会有三口锅。中间一个铜管，注入清水，做菜烧饭的同时顺带将水烧开。土灶大都侧对着正门口，一脚跨进门槛，就看见母亲在灶头忙活。人多的日子，我们喜欢在土灶上做饭。

中午，我们一起张罗午饭。我烧火，黄药师剥笋，女儿洗菜，方山掌勺，随我一起来的两个朋友打下手，住在隔壁两个小姑娘过来凑热闹，满屋子跑来跑去，卢老师和老农(方山的师兄)则被空闲出来。大家七手八脚地抢了所有活，他们已插不了手了。这似乎颇符合农村里不成文的传统：男主外，女主内。在农村，有女主人的家很难得看见男人在灶头做饭。如果谁家一年到头都是男人做饭，会被人说"女人懒惰，男人没用"。但那是过去的事情了。

灶膛里的火生起来了。油下锅渐渐冒出热意，手置于上空试一把，感受到发烫的气息。切好的笋块倒了进

如
在

去,哧啦哧啦的声音响起来,翻炒,又是哧啦哧啦的声音,热气香气扑面而来,一部分蒸腾在灶台上方,一部分从后门窗户钻出去,一部分缭绕在屋子里,还有一部分穿越木质的门窗来到左邻右舍。乡村的厨房没有秘密,除了路过时探身进窗口查看一个究竟,那四溢的香气早就刺激大家的味蕾——"嗯,你家在做油焖笋呢!"

"好香!"大家喊一声,都凑过身来。孩子好奇心重,在大锅里炒菜是一项新鲜事,便抢了锅铲翻炒一番。可毕竟是生手,那动作像初学步的娃娃十分不稳,铲子在锅里横冲直撞还磕磕碰碰,发出铁器相碰尖锐的声音,一时又变得缩手缩脚,生怕把锅戳出个洞。大家哈哈笑着鼓励道:"放心大胆地炒,锅那么大又炒不出去!""铁打的锅,牢着呢!"于是,孩子撒开手,炒得十分欢快。眼见有几个笋块就要跑出锅去,却在"啊哦""啊哦"的一阵感叹后,滴溜溜地沿着锅边旋转几圈重又落回,仿佛是那些叫喊声硬生生地把它们扯回来了。在这样手把手的实践中,孩子渐渐学会一些厨房功夫。而我们小时候,母亲也是这样耐心地教会我们炒菜、做饭、扫地、洗衣,以及其他一些生活本领。

人多就是好啊,合作完成一顿饭显得轻松而愉悦。不多久菜就齐了,油焖笋、油焖香菇、鱼香肉丝、番茄炒蛋、青菜,红红绿绿摆了一桌。扯开嗓子喊一声:"吃饭啦!"大家围着八仙桌坐下,那两个邻家小姑娘已在自家吃过一顿,却经不住诱惑,端来饭碗再吃一顿。位置不够时,孩子们很识趣地夹了菜来到院子里的小桌上。这规矩没教过,却与我们小时被父母调教得"通情达理"十分相似——小孩不上桌。只不过当初我们是因为听话,现在孩子则更喜欢自由。

这顿饭吃得十分舒心,已很久不曾这样吃饭了。这热热闹闹的氛围让大家胃口大开,恍如过年过节,又或是回到小时候。

小时候每个家里人都多。我们这一辈的一般都有三两兄妹,上一辈的更多。村口的阿强家就有九个儿子,齐刷刷地站过去,像一片小树林,粗起嗓门扯两句,屋子都要抖一抖。人多嘴杂,孩子抢东西,吵架,哭闹,父母劝解,呵斥,无奈时抢起细小的棍子打向不易受伤的部位,每天都闹哄哄的,忙碌碌的,却是一个家真正该有的样子——热闹,百味。到了做饭时间,家里才一派和气。母亲在灶头忙活,孩子饿了,围过来找寻食物。母亲做了好吃的,总要先夹一点给孩子尝尝,一个孩子满足地跑开,另一个孩子凑过来,又跑开,有时尚未开饭便已吃去大半。吃饭时,大家围了八仙桌一圈,互相抢菜,互相劝菜,仿若游戏。逢年过节的日子,灶头更是热闹。通常闲置的大锅也开了火,猪头、公鸡、糯米肠炖起来,馒头、杨梅馃、发糕蒸起来,谢佛,谢灶神,爆竹声送走一年,又开始新一年的盼头。我小时特别害怕爆竹,眼看着就要点鞭炮了,就躲进灶台后面。却见一个大红的鞭炮越过门窗直冲过来,在我身边响亮地炸开,就差那么一点,是灶头替我挡了这一炮。我吓得怔怔的,却见大家跑过来说今后运势大好。对于一个孩子来说,所谓的运势大好无非身体健康,学习进步。事实证明,那些年确实如此。由此,一直对土灶多怀了一份特殊的情感。

　　一年又一年过去,我们长大,离开,又回来。老家改头换面,母亲和哥哥意见相左,坚持留一口土灶。她说,土灶上做出的饭好吃,有烟火味,而且人多的日子总要一口土灶才能对付。我认为母亲有理,这些年吃遍各种美食,十分怀念老家的土灶。土灶上做出的各种美食带有特殊的味道,似乎草木清香,或者猛火的劲道,反正是其他所不能比拟的。以及,灶头烟气缭绕,母亲忙碌,孩子们围过来,锅巴、番薯、洋芋等散发出浓郁的香味,这些似乎离开很久的画面,越来越频繁地来敲门,深深唤醒曾经的记忆。

　　但母亲好久不开伙了,简单的煤气灶足以应付清冷

辑

三

的日子。只有在我们都回家时,灶膛里的火才噼里啪啦地烧起来。它常发出"哧哧哧"的声音,仿佛有人在笑。母亲说那是灶神在笑,它一笑,家里便会有喜事。说着,母亲也笑了。我知道,最眼前的喜事,莫过于我们这些散落在外的孩子都回了家。

如

在

一个老猪槽

　　它们大多用许多小块木板拼接，如箍水桶一般箍成凹槽状。而石料多的地方，常用石头打磨成一个凹槽。一米见宽，置于猪圈内。大桶食物倒进去，猪的一日三餐就在这里解决。农耕时代，大多东西自给自足。家家户户有个猪圈，猪圈里养一头猪，家境好些的养好几头。一般猪圈里有一个猪槽，猪多时就共用。但猪的世界也是一个复杂的世界，有的强壮，有的弱小。强壮的常把弱小的逼到角落里，等其享用完才允许分走一口残羹。时间久了，强壮的越发强壮，弱小的越发弱小。于是，猪圈里会多出一个猪槽。有那么一段时间，情况相对好一点，彼此相安无事，各吃各的，弱小的日渐强壮起来。但不多久，强壮的眼红了，开始琢磨霸占另一个猪槽的手段，比如左右顾盼，斜着眼监视另一只猪的举动，或者来回奔波于两个猪槽间，左一口右一口，又或者故意将另一份猪食往外拱，甚至将猪槽掀个底朝天。弱小的无计可施，只能待在角落里张望着……猪的世界我们不懂，捉摸不透。也许是强壮的猪贪心了，看到吃的都想占为己有。也许这日子吃了睡睡了吃,除了长肉发呆,别无他事,实在无聊了,好事者企图制造点乐子而已。在这样的娱乐中,猪槽是个重要角色,而有许多个猪槽就是这样被玩坏了。但马上会有新的填充进来,就好像我们小时有意或无意打坏了饭碗,母亲马上会换个新的。

一段整木,中间凿去一些木料,成为凹槽状,又将底部刨平,可稳置于地面,成为一个猪槽。这样的猪槽比较少见,要求也相对高些。应该取材于一棵大树的核心部位。大树可能是上了百年的,或者更年迈些。有些树长得慢,让人看不出年纪。在其他地方要找这样一棵树大有难度,但榉溪周边群山苍翠,参天大树比比皆是,在属于自己的山林里砍下一棵是常事。也许当初砍回一棵树,不是特意为了做一个猪槽,这样太过隆重,不符合生活规则。那棵年长的树,首先应该成为房子的顶梁柱,或被锯成门板、楼板,或用来做成大衣橱、八仙桌、四尺凳。一般人家都会在解决了这些"人生要事"后,留一些边角料给其他事物,比如小板凳、搓衣板,以及一只猪槽。显然,眼前的这只猪槽比较幸运,主人家留足了一段重要木材。大概是合抱粗的一棵树的精华所在,比如树的根部,硬气而劲道,或者中部,直爽而干脆。大概主人家比较金贵猪圈里的事业,希望牲畜兴旺。

用的时间久些,岁月的痕迹就会明显地在上面挂着,或者沿着粗糙的脉络渗入细微的肌理,最终融为一体。柔和的线条,磨光的棱角,深沉的颜色,都是岁月交出的答案。它大概是遇到了一头或几头安分守己的猪。它们像接力一样,沿着前辈的足迹用同一只猪槽养肥自己,而后留给下一位。在某种程度上,这也是一种传承。

但现在,家家户户都不养猪了。猪槽的命运从此改写。它被弃于屋角已久,后又来到杏坛书院,被展示于高台,顶上一束热烈的光照耀着。命运厚此薄彼。前者沉迷于阴暗之处,身心麻木,腐烂乘虚而入,有些部位稍触即落。后者不接地气,被时光和空气抽走水分,干燥不已,裂开的纹路间有尘土栖息,昆虫安家,甚至可探入我们的手指。闲置的猪槽到底没了精气神,如一个一无是处的人,失魂落魄的,连眼光都是混沌的。并且手脚被束缚,一日日萎缩,直到干瘪成一个老家伙。

那束热烈的光一直照着,像在标榜什么,又像提醒我们。我们仿佛看见过去,觉得亲切——那些熟悉而遥远的画面,会沿着眼前的老物件源源不断地奔涌过来,糅合成一种既甜蜜又温柔的情感——那是在生养我们的故乡,在我们小的时候,以及由此生发出的许多酸甜苦辣的故事。孩子们不知其为何物,听我们讲过去的事情。我们仔细地告诉他们关于猪圈、猪食、养猪、喂猪的故事。又谈及等猪养胖了，过年时会有一群彪形大汉把它连哄带骗地抬上杀猪凳，手艺娴熟的屠夫用一把磨得发亮的长尖刀捅入它的脖子。白刀子进，红刀子出，跟出瀑布一样的鲜血，猪血盆在下方接着，满了一大盆。猪一开始挣扎不已，村子里最强壮的大汉也按不住。渐渐地，随着鲜血的流逝，猪的身子瘫软下来，血多流一点，身子更软一些。后来，它懒懒地躺在杀猪凳上喘着最后的粗气，大汉们慢慢松了手……我们这群小孩子听不得嗷嗷的猪叫声，又是害怕又是好奇，还带有一些惋惜。于是，一会儿捂起耳朵，一会儿蒙上眼睛，一会儿又拿开，一双不安的手不知放哪儿才好。

　　而年关将近，这样的场景终究太常见了。屠夫被一家又一户请去，生意兴隆，嗷嗷的猪叫声此起彼伏，恍若过年时燃放的鞭炮。而后，便看见家家户户的阶沿挂满肥嘟嘟的条肉。再后来，家家户户请人吃猪福。人们走街串巷，今日到村东，明日到村西，个把月时间都在亲朋好友间活动，真正吃足了"百家饭"。而村子的年味，被这一团暖融融的和气搅得渐渐浓了。

　　我们说得兴致盎然，怀念从前多么有趣。人们活得那么真诚，人生的大事小事都花足了心思，日子过得富有仪式感。孩子们听得不甚明白。他们不明白花一整年的时间养出的猪就是为了吃肉,那么辛苦养出的猪还要请别人吃掉很多,以及杀猪是那么残忍的事情,却是一整个村的人都在做,或者猪一辈子都不洗澡,猪肉却是香的……对他们来说,这无疑是一部科幻片,需要脑补好多情节才能想出一个相对真切的场景。于他们而言,这些实在是太久远的事情了。这里的久远并不是说时间上过去百年千年,而是某些一以贯之的东西突然有一天断裂了,并且裂痕越扯越大,无论如何也回不去了。

时间令其面目全非。

但,当这些面目全非的事物被赋予实用之外的另一层意义时,比如美学、历史,或者经验,便衍生出许多新鲜的价值。比如猪槽用来科普下一代,用来养一槽油绿绿的铜钱草;老房子倒下后留下的断瓦残砖,用来铺地砌墙,竟有意想不到的美;卸下门板,洗净晾干后安上四个简易的脚,便成一张颇有格调的桌子,在上边写字喝茶时,抚摸深浅不一的沟壑,恍若触摸时光的纹路;当年村校里的课桌,上面画出深深的"三八"线,经年的时光都抹不平;当年的孩子也学鲁迅刻下"早"字,或者将曾经心上的名字刻在桌上,"小芳""小军",或许还有小虎队和"四大天王"……

一把木火锹

在农村,家家户户有个土灶,照料全家人的一日三餐,讲究点的,再增加几顿点心。在土灶的烧火处(村里人叫"灶下",与"灶台"相对应),大都有几样标配的物件,一条小矮凳——真的是又矮又小。有的是简易的矮条凳——不通木工的父亲将几块木头下脚料凑在一起,用几枚铁钉横横竖竖敲打一番,置于地上,尚且一边高一边低,人坐上去直往一边倒,又将长腿截短,总算摆平了。有的是农村里极其普通的小竹椅,小孩坐了刚刚好,大人则坐得不够舒坦,一整个人像被勉勉强强塞进去似的。而人老了的时候,拍拍腿脚好不容易弯下身来坐下,但坐久了,人便弯得和椅子一样,再要直起身来得上上下下捶打一通,颇费气力。他们常常一边揉搓腰腿部一边责怪:"凳子太矮了,太矮了!"但农村房子大都拥挤,有的十来口人挤一两间木头屋,事事物物得尽量压缩在一个家中占据的位置,土灶乖乖待在角落里。灶台前需要足够空间来大展身手,于是,只能挤压灶下的空间了。灶下空间狭隘,也只配这样的小凳子。因此,家里的小孩常常被分

如

在

配去烧火。小孩也喜欢接揽这活,觉得就是在玩火。对于孩子来说,玩水玩火就是最有意思的游戏了。

矮凳边上立着火筒、火钳、火锹,还会有一个火瓮。这些跟火有关的物件,各司其职,将一场场关于食物的要事做得红红火火。火钳像两根粘连在一起的筷子,用来添加柴火。柴火充足时,烧到开心处,灶孔会发出嘻嘻声,仿佛人逢喜事发出笑声。这也被大家认为是好兆头——灶孔都笑了,家中要来喜事了。而很多时候,灶孔笑过之后,喜事也真就上门了。如此,灶孔之笑颇有预见性,大家常常因此喜形于色,有时甚至特意做点小动作逗它发笑。但若遇上气息受堵,像一个人情绪不佳,闷闷的,不说话也不发笑,只憋了一肚子气,实在憋不住时,浓烟便沿着灶孔滚滚而出。这时,灶孔成为一个出气孔。它大口大口吐出浓烟,熏得人鼻涕眼泪直流,咳嗽声不断……这时,有经验的母亲马上说:"赶紧吹一吹!"于是,拿起火筒,鼓足腮帮子对准冒烟处大吹几口气,果见得星星之火燎原起来。火苗赶走了浓烟,伸出长长的火舌一遍遍舔舐着锅底,颇有点小孩子破涕为笑的可爱模样。而在这样的舔舐中,灶头早已香气弥漫。

一顿饭做好,火尽了。炭火歇在锅底,发出红彤彤的光,渐渐包上一层白色的薄膜,吹弹可破的样子。稍微扇起一点风,薄膜便会四下飞散。而后炭火慢慢收缩,愈来愈小,直至灰烬。农村人珍惜这些炭火,不忍心白白化作灰烬,总是将它们积累起来,日后以备他用。拿起火锹朝炭火伸过去。火锹长得颇似掀土扬灰的铲子,只不过小了几号,长手臂,凹铲子。沿着炭火底部铲过去,炭火就乖乖地待在火锹中央了。掀开火瓮,火锹一个侧身,炭火悉数进了瓮中,而后又一火锹进去,直到铲完灶孔里的炭火。而后给火瓮严严实实地盖上,密封起来。失去氧气的炭火渐渐熄灭,成为黑乎乎的木炭。

在冬日以及其他一些日子,这些木炭会被请出来,发挥其他用途。寒冷的冬日,用火锹从火瓮中铲出木炭倒于火盆中,在上面覆盖一层烧得通红的炭火。炭火将热量传染给木炭,木炭散发出光和热。人们围着火盆聊天,偶尔将手伸到火盆上空,吸收热量后再搓一搓,也将脚搭于火盆边缘烤一烤,一时间整个身子都暖和了。或者在春天,家中采了茶叶,炒过揉过后需要烘干,木炭会被重新点燃,茶叶置于茶笼之上,水气蒸腾,散发出浓郁的香气。而笋干、番薯干、霉干菜等都是用同样的方式去掉所有水分,成为便于长期保存的干货。或者家里添了孩子,尿布衣服来不及晾干,也会搬出被笼一天到晚地烘着。而在隔壁村大皿,用一场又一场的炼火祈求平安。他们

如
在

赤足在堆成小山似的炭火上奔跑,惊险、刺激,引发观众连连惊叫。他们大都是村里最强壮的男人,却在火尖上跳起最轻盈的舞蹈。他们脚下生风,有如踩了风火轮,眨眼之间便从眼前过去。他们一遍又一遍地踩踏通红的炭火,直到将小山夷为平地,将火苗完全捻熄。他们用许多个家庭主妇积累一年的木炭来延续祖宗流传下来的特殊文化,也用这样勇敢的奔跑为大家祈求新一年的幸福平安。

这些与火有关的事物,熟悉而亲切,以其固有的样子占据我们的记忆。铁做的,耐高温,简易而实用,谈不上美与丑,却在生活中发挥重要作用。但前些日,在樟溪看到一个木质的火锹,一时觉得十分意外。它是"做香婆婆"找出来的,据说已有一百多岁。长长的手柄,凹陷的铲巢,乍一看,觉得用来拿取粮食更为合适,或者如米斗一样,作为一种量取食物的工具。何况它又是木头做的,无论如何都不应该和火产生关联。木头与火天生就是对立的。但"做香婆婆"确定了它的作用,并且用一些经年的痕迹证明了这一点。铲巢的内部,有着许多被烤焦的痕迹,黑色,一处连着一处,通身都是。抚摸这些黑色的痕迹,仿佛抚摸它遍及全身的伤痕。这些黑早已深入木质的肌理,成为木头新的皮肤,触摸时仿佛触摸木头的纹路,黑色并不会沾染我们的指尖。我仿佛看见木质的火锹鼓起勇气深入火中,取出通红的炭火。炭火平息自身的气焰,也舔舐木火锹的肌肤。木火锹的皮肤发出细微的嘶嘶声,以及木头烤炙后的焦香味,而后留下灼黑的伤疤。在这样反复的运送中,木火锹的肌肤一次又一次地发黑。时间过去,木火锹通身伤疤。但时间过去,伤疤终究结了痂,结了的痂一个重叠着一个,成为强硬的外壳——再从火中取物显然不是难事了。

这是一场木与火的较量,也是一场木与火的合作。在反复的摩擦中,它们握手言和,渐渐各尽其责,互不干涉。一百多年过去了,木火锹仍然好好的,除了木头颜色的加深以及黑色的疤痕,其余完好如初。也许是一场又一场的火中涅槃成就了它坚强的意志,除了化为灰烬,人间他事,都是小事。

但也许,只是我们想多了,物尽其用本就是自然规律。既然作为火锹就得履行火锹的使命。而木火锹也并非稀罕之物,或许在很早以前,火锹本来就是木头做的。所有的,只是我们见识短浅,延伸不到遥远的曾经而已。

后　记

人生就是一场又一场逃离。

小时候，希望从农村一直走出去，到人声鼎沸的城市去，丢掉土气的方言，藏起朴素的生活，用一些光鲜亮丽的色彩来修饰身体和灵魂。我们越来越觉得自己像个城里人。我们不仅自己走出去，还要带上兄弟姐妹、朋友甚至父母，仿佛一场永不回头的出逃，席卷所有。

我们在城里找到另一半，他也许一样从农村走出来，拖家带口。我们被抛进朝九晚五的生活方式，一日日地适应下来。我们买了房，买了车，生下了孩子，就这样，在坚硬的钢筋水泥上重新扎下了根。

我们源源不断地逃离农村，逃离生养我们的故乡，逃出去寻求一种新鲜而陌生的生活。也许是为了摆脱面朝黄土背朝天的贫穷与落后，摆脱杂乱无序的生活规则，摆脱浓稠而甜蜜的情感牵绊。但也许没有原因，只因每个人心里都住着一个陌生的自己，想用逃离的方式去看见，去听见。住在故乡的人越来越少，生活陈旧乏味，美好的事物日复一日地做着减法——炊烟不见了，邻里相往还的亲切不见了，热火朝天的劳作场景不见了，以及吵架声、打闹声、歌声、笑声、哭声，统统被什么东西收走了。故乡成了一个空洞的词。没有人的故乡徒有其表。

与我们一起逃离的还有满田满垄的庄稼，雨天泥泞不堪、晴天尘土飞扬的土路，低矮昏暗、楼板嘎吱作响的老房子，以及满村满坡肆意撒野的家禽牲畜，它们都用自己特有的方式逃离，或边缘化，或改头换面，或永远消失。那些肥沃的田地白天种太阳，夜晚晾月光，茅草、荆棘、灌木正以前所未有的激情繁衍壮大，占领所有空隙。看起来，依然是欣欣向荣充满生机，但终究换了主人。这是一场植物间的战争，"成王败寇"，从此"改朝换代"。而无人居住的老房子没有人气，就没有了底气，敌不过岁月的侵蚀，几阵风雨就将它们彻底摧垮了。老房子倒下去的地方，也许会建出新的钢筋水泥砖块叠起来的楼房，也许永远是一堆断壁残垣了。土路改成了白花花的水泥路，又改成黑色的柏油路，家禽牲畜禁止圈养，无处遁形。农村正以一种新的高速生长，长成超越农村又不像农村，毗邻城市又不像城市的新生事物。许多年之后，我们发现，我们丢掉的不仅仅是当初逃离的村庄，而是贯穿上下五千年的乡村文明。

这是一种持续的、集体式的逃离，一晃多年。大家心安理得，认为这是一种再正常不过的事情，是历史必然。我们甚至将逃离的责任悉数归咎给农村——是它先行背离我们的生活轨道——希望以此来求得身心上的安宁。可在钢筋水泥的丛林里混久了，许多复杂情感趁势而生——彷徨、无助，令人喘不过气来。我们寻找合适的方式发泄，或者说自我拯救，交友、喝酒、聚会、旅行……我们变着花样让忙碌的日色愈加忙碌，精彩的生活愈加精彩，也许得到过短暂的安宁，也许没有。终于有一天，我们似乎良心发现，怀揣一种激动心情，希望能回到故乡，回到曾经千方百计逃离的出发点。与小时候相反，当初有多少逃离的希望，现在就有多少回归的欲望。我们想回去，回到农村去，寻求一种熟悉而新鲜的安慰，就如法国作家迪迪埃·埃里蓬在《回归故里》中说："这个我曾极力逃离的地方：一片我曾刻意疏离的社会空间、一片在我成长过程中充当反面教材的精神空间，也是无论我如何反抗，依然构成我精神内核的家乡。"

阔别多年，以另一种身份回到故乡。我们曾是这片土地上的生活者，而后是逃离者，现在又是回归者。当我们的双脚触摸到熟悉的土地，我们发现，我们的童年，我们试图逃离的过往，始终作为一种记忆在我们的身体里延续，这些记忆像潜伏已久的种子开始生根发芽，开出繁盛的花朵。我们欣喜万分——即使走得再远，故乡还是故乡。

这种失而复得的惊喜让我激动许久——原来，在钢筋丛林之外仍有归处。就这样，在假期，在闲暇，我们源源不断地奔向农村。或者，干脆将毕生的事业搬回农村，经营生活的同时，也学前人过一过"采菊东篱下"的诗意生活。在这样的回归中，不断与那个被我们抛下的世界握手言和。我们发现，人们笑容真实，说话诚恳，有一句是一句；家家户户"四门大开"，门上从不落锁；邻里走动勤快，有事帮忙，无事闲聊，和谐得不分彼此；蔬菜瓜果"不令不食"；而那些构成乡村图景的古桥、古树、古庙，依旧是原来的模样……也许，逃离的背后，还有一些事物默默坚守，从未走远。

也许，这是我一直以来喜欢描写乡村的理由，也是我写作《如在》的初衷。

胡海燕

二〇二一年三月于磐安

如
在